Lhattie HANIEL

# Violet Templeton,

## Une Lady Chapardeuse

ROMANCE HISTORIQUE

Mon Galant,

Tu as volé mon cœur,
Comme j'ai volé le tien.

# *Prologue*

Cher journal,

Aujourd'hui, nous sommes le 7 avril 1882. C'est mon anniversaire et j'ai dix ans à présent. Comme je suis devenue une grande fille, maman m'a offert, ce matin, ce petit livre à feuillets pour que je note à l'intérieur tout ce que j'ai l'envie d'écrire. Même s'il fait nuit dehors, j'ai décidé que pour ma première histoire ce serait bien de commencer avec ma fête d'anniversaire. Celle-ci a été merveilleuse parce que maman avait invité trois amies, dont Joséphine, ma meilleure amie avec laquelle je me suis beaucoup amusée. Mme Edwige, notre cuisinière, avait préparé un énorme gâteau à la crème de chocolat et maman avait demandé que la grande coupelle en argent soit remplie de délicieux bonbons. Constance, notre bonne, a joué un morceau sur le pianoforte, et l'on a dansé avec beaucoup de joie dans nos cœurs. Maman nous a même appris quelques pas de Polka de Bohème ! Papa, comme d'habitude, est passé dans la soirée pour repartir aussitôt à son travail. Mais il m'a ramené une très belle poupée en porcelaine que j'ai tout de suite prénommée Anna…

Cher journal,
Aujourd'hui, […].


Cher journal,
Aujourd'hui, nous sommes le 28 novembre 1882. Papa est rentré tôt aujourd'hui, mais ce n'était que pour me gronder. Il n'a même pas essayé de comprendre que je n'ai pas fait exprès de prendre chez Madame de Coulanges cette minuscule boîte en bois. Me voilà punie et privée de dessert pour ce soir ! Ce qui est injuste à mon âge. Maman dit toujours qu'il ne faut pas priver les enfants d'un bon repas !


Cher journal,
Aujourd'hui, […].


Cher journal,
Aujourd'hui, nous sommes le 4 juillet 1885. Encore une fois, je me suis fait attraper avec un petit objet dans la poche. Comme papa est retourné auprès du Bon Dieu, c'est maman qui s'est chargée de la punition. J'ai eu beau clamer à maman que je ne l'avais pas fait exprès, elle n'a rien voulu entendre et m'a privée d'une sortie au parc. Elle m'a expliqué que l'on n'a pas le droit de prendre quelque chose à quelqu'un, que cela est mal et peut même faire de la peine. « Comment réagirais-tu si quelqu'un venait à la maison et te prenait ta poupée Anna ? », m'a-t-elle demandé. C'est vrai que ma bonne maman a raison… J'ai décidé ce soir de faire une prière pour que le Bon Dieu m'enlève ce gros défaut !


Cher journal,
Aujourd'hui, […].

Cher journal,

Aujourd'hui, nous sommes le 10 octobre 1885. Malgré toutes mes prières, je n'arrive pas à me défaire de ma cleptomanie. Mon désir de chaparder est si grand que je n'arrive pas à lutter pour le réprimer. Aussi, ai-je décidé de prendre sur moi une pièce en argent dans l'espoir de payer au moins mes petits larcins ! Ma tirelire de porcelaine en est si bien remplie !

Cher journal,
Aujourd'hui, […].

Cher journal,

Aujourd'hui, nous sommes le 13 décembre 1888. Bien que Maman soit quelque peu inquiète à cause de mon défaut de chapardage, pour lequel j'ai honte et dont je n'arrive toujours pas à me défaire malgré toutes mes prières, elle a accepté que je parte avec elle pour l'Angleterre. Maman est si bonne ! Je me souviens qu'elle m'avait parlé de ce voyage, le jour de mes seize ans, il y a déjà huit longs mois. Mais à ce moment-là, elle n'avait pas encore décidé si je l'accompagnerais. Et voilà que ce matin, elle m'a annoncé qu'elle voulait bien que je me rende avec elle chez ses amis, mais seulement pour être près d'elle dans la journée puisque je n'ai pas encore le droit d'assister au bal des Somerford — je crois bien que les amis de maman se nomment ainsi. Peut-être sur place, arriverai-je à la faire changer d'avis ? Il nous est prévu de quitter la France dans quelques jours. Notre pays va beaucoup me manquer et Joséphine aussi, même si ce sera seulement pour deux ou trois semaines !

Cher journal,
Aujourd'hui, […].
Cher journal,

Aujourd'hui, nous sommes le 5 janvier 1889. Après un voyage quelque peu éreintant, nous avons enfin touché de pied ferme la terre des Anglais. Allant de-ci, de-là, je n'ai pas eu le temps, avant ce jour, de prendre ma plume pour vous écrire. L'hôtel d'Abingdon, qui se trouve être notre lieu de résidence, est fort joli et j'ai même eu le droit d'avoir ma propre chambre. À peine sommes-nous arrivées que maman a souhaité se rendre chez une grande modiste afin d'acquérir une nouvelle capeline pour l'assortir à sa magnifique robe du soir. Je crois qu'elle veut se sentir belle pour cette fameuse réception qui aura lieu en la résidence des Somerford, dans deux jours…

Cher journal,

Aujourd'hui, nous sommes le 10 janvier 1889. Il me faut absolument vous raconter ce qu'il m'est arrivé, il y a déjà trois jours de cela, lorsque je me suis rendue avec maman chez les Somerford. Dès notre arrivée chez ces grands propriétaires terriens, je suis partie me promener dans leur immense parc avec Lesly, une soubrette mise à mon service jusqu'au lendemain matin. C'est durant cette balade que j'ai entrevu le fils des Somerford. Bien qu'à ce moment-là je me sois trouvée trop éloignée de lui, ce jeune homme m'a semblé tout de suite fort élégant. Mais à cette distance, il m'a été impossible de distinguer le moindre trait le concernant. Cependant, Lesly, bien plus âgée que moi, argumenta avec assez d'éloquence mutine à son sujet pour attiser encore plus mon envie de me rendre à ce bal ! Or, même si je connaissais déjà la réponse ferme de maman, je comptais bien la solliciter à nouveau, on ne sait jamais… La journée fut toutefois agréable, bien que je n'eusse pas revu lord Edward (c'est ainsi que Lesly l'avait prénommé), afin que je puisse m'assurer de sa beauté. Le jour avait laissé place à l'ombre de la nuit sans que je puisse croiser le chemin de ce lord. J'avais tout de même pu voir maman avant le souper. Mais elle était restée opposée à ce que je participe à ce bal en me rappelant que je n'avais pas encore fêté mes dix-sept ans et qu'avant cela, il était hors de question de faire mon entrée dans le monde. Sur le moment, je dus me rendre à l'évidence et prendre mon repas à sept heures avec deux fillettes — des petites sœurs — dont les parents avaient également été conviés à cette réception. Bien évidemment, la salle d'apparat dans laquelle le dîner devait être servi me fut interdite au vu de mon jeune cœur, comme maman me le narra avec élégance afin d'essayer de me faire entendre raison. Puis, le bal des Somerford débutât et Seigneur ! comme j'aurais aimé avoir ma première robe de bal pour m'y rendre. Or, je n'avais aucune tenue qui m'aurait permis de passer même inaperçue… Les petites sœurs Owen étaient déjà profondément endormies lorsqu'une horloge située dans une pièce adjacente à notre chambre sonna dix heures du soir. Seulement, moi, je n'avais aucune envie de dormir, car ma contrariété n'avait en rien diminué au fil des heures ! Et me mettre au défi de rester bien sagement couchée dans mon lit était tout bonnement illusoire ! Aussi, je ne pus me résigner à aller me coucher comme ces petites filles modèles. J'étais donc sortie de ma chambre. En toute discrétion, bien sûr ! Et afin de ne pas me faire surprendre par quelqu'un, je m'étais mise à déambuler le plus silencieusement possible dans le long couloir opposé au bruit que produisait le bal. C'est ainsi que je me suis retrouvée dans un joli bureau dans lequel je n'ai pu m'empêcher d'aller fureter ! Malheureusement pour moi, c'est à ce moment-là que je me suis rendu compte de la beauté de lord Edward, car c'est à cet instant précis, qu'il m'a surprise…

C'est une vérité sans équivoque de dire que lorsqu'une personne chaparde un objet discrètement, ou bien sans s'en rendre compte vraiment, elle le chaparde tout bonnement ! On pourrait la plaindre si cela était un toc dont elle ne pouvait se défaire et si le manque de sensation dans sa vie lui prêtait quotidiennement ce défaut. Peut-être que si elle venait à rencontrer un homme, celui-ci pourrait bien lui faire oublier ce travers. Si tant est qu'elle ait l'envie de s'en défaire...

Lhattie Haniel

## *Chapitre 1*

*Didcot, Abbaye Ste Sutton Courtenay, dimanche 23 juillet 1899*

— Père François, il me faut me confesser, je vous en prie, demanda-t-elle, les larmes aux yeux.

— Bien, ma fille ! répondit-il, alors qu'elle venait de le réveiller de sa sieste et de le sortir d'un doux rêve. Venez par ici ! lui signifia-t-il en lui montrant du doigt l'un des deux petits isoloirs, tout en frottant de sa main boudinée, le double menton de son visage grassouillet.

Ce père avait de saint uniquement le prénom et la croix qu'il portait autour du cou. Pour le reste, Dieu seul était témoin ou bien *aveugle* de le laisser agir ainsi.

Cet homme de religion aimait la chair dans tous les sens du terme et, malgré son âge avancé, celle bien trop jeune l'intéressait plus que jamais ! Bienheureusement pour ces jeunes enfants, la messe dominicale était passée et rien d'autre ne se passerait dans ce lieu avant dimanche prochain.

La jeune femme s'installa d'un côté du confessionnal et le père François de l'autre. Il tira sur la petite trappe centrale qui grinça légèrement en s'ouvrant. Celle-ci laissa place, pour ainsi dire, à une jolie grille ciselée dans une feuille de cuivre.

— Bénissez-moi, mon père, car j'ai péché…, dit-elle en ayant du mal à finir sa phrase.

L'air dans ses poumons la brûlait. En attendant que la jeune femme poursuive, le père François croisa les mains sur son ventre bedonnant. Comme le silence se faisait toujours *entendre*, il s'adressa à la jeune femme au travers de la grille et lui narra d'un ton blasé, la rituelle phrase :

— Parlez, ma fille, le Seigneur vous écoute…

La jeune femme toussota avant de prendre, de nouveau, une grande inspiration.

— Voilà, mon père, je m'appelle Violet Templeton et je suis prête à confesser tous mes péchés…

*« Il me faut vous apporter la précision, ma chère amie, que lady Violet était arrivée sur le sol anglais sept mois plus tôt avant cette fameuse confession. Ce qui vous mène ici, ma chère amie… »*

Violet avait dû quitter, contre son gré, la demeure de sa mère située en France puisque cette dernière l'avait vendue avec une bonne partie de ses biens. Lady Susan avait prévenu sa fille qu'elle souhaitait retourner vivre dans son pays natal, même si elle n'avait plus de famille là-bas non plus. Et c'était justement ce qui l'avait poussée à revenir en Angleterre, car son père — Mr. Forster, un comptable anglais ayant survécu plus longuement que Mme Forster — s'était éteint il y avait déjà deux mois. Elle n'avait en rien assisté aux funérailles de ses parents, car ils lui avaient tourné le dos dans sa jeunesse. Il lui restait bien encore un frère, mais celui-ci ne lui avait plus donné de nouvelles depuis tant d'années qu'elle ne savait pas s'il habitait toujours le Hampshire et, surtout, s'il était encore vivant. Malgré tous ces faits dont Violet n'était pas au courant, elle n'avait pas été en accord avec sa mère pour déménager. Violet était déjà venue en visite dans ce pays en janvier 1889 précisément, soit pour ainsi dire, dix ans jour pour jour. Et bien qu'elle n'y soit restée que quelques jours à cette époque, une expérience avait quelque peu déboussolé la jeune fille de seize ans qu'elle était. Une rencontre insolite lui avait fait battre le cœur avant qu'elle ne se reprenne et ne se sauve. Il faut dire qu'elle était *innocemment* en train de chaparder un objet dans un bureau situé dans la demeure des Somerford. Bienheureusement pour elle, lord Edward, le jeune homme qui l'avait surprise dans le bureau de son père, ne l'avait pas attrapée *la main dans le sac*. Il avait eu avec elle un échange d'un tout autre genre…

Le regard pourprin de la jeune fille l'avait aussitôt envoûté. Et dès qu'il remarquât ses courbes, loin d'appartenir à une enfant, il n'avait pu résister à déposer ses lèvres sur celles de Violet en lui donnant, sans le savoir, son premier baiser. Encouragé par l'ardeur de celle-ci, il n'avait pas hésité à approfondir ce baiser en une étreinte fort langoureuse.

Seigneur, qu'elle avait aimé cette sensation, même si elle ne l'avait avouée à personne, pas même à Joséphine, son amie d'enfance ! Et elle se refusait même à se l'avouer, alors que dire !

Dix années s'étaient écoulées depuis cet évènement sans qu'elle remette les pieds en Angleterre et voilà que sa chère mère s'était décidée à y retourner au mois de janvier 1899.

*« Eh oui ! ma chère amie, c'était encore un mois de janvier ! »*

On aurait pu croire que lady Susan avait décidé de quitter définitivement sa vieille campagne de Beaurepaire sur un coup de tête. Ce qui n'avait pas été le cas. Elle se sentait vieille malgré tout juste ses quarante-cinq printemps et les causes de ses tourments étaient sans nul doute dues au fait qu'elle ne trouvait plus rien d'attrayant à faire en France. Ses dernières connaissances avaient quitté le nord du pays pour le sud de la France, mais la mère de Violet n'avait pas eu l'envie de les suivre et de tout recommencer dans un endroit inconnu. Elle avait déjà eu à le faire par le passé et elle ne voulait pas revivre l'expérience. Cela lui aurait été trop pénible. À l'époque, tant que feu son mari Mr. Templeton, baron de la Marre, était encore vivant, elle aurait pu se laisser tenter. Mais là, non ! Elle avait besoin de se retrouver dans un endroit qu'elle connaissait ou qu'elle avait déjà connu. Ce qui était le cas de la ville d'Abingdon, car ce lieu avait bercé toute son enfance. De ce fait, en s'y rendant, elle savait qu'elle y retrouverait quelques connaissances, et surtout sa tendre amie d'enfance, lady Shirley Somerford – comtesse de March. Cette dernière, dans une correspondance, l'avait d'ailleurs priée de la rejoindre dans le Berkshire. Ce que lady Susan s'était décidée à faire dès qu'elle avait eu entre les mains le pli de sa grande amie, et ce, au plus grand désarroi de son unique fille, Violet. Cette dernière, pour une raison inconnue de lady Susan, préférait nettement vivre sur le sol qui l'avait vue naître. Aussi, afin de convaincre sa mère de son erreur, elle lui avait narré théâtralement ceci : *« Maman, vous rendez-vous compte que nous ne pourrons plus nous rendre sur la tombe de papa ! »*

Même si ce fût un bon argument, celui-ci n'était pas assez lourd de conséquences pour convaincre lady Susan de modifier ses plans. Il est vrai que c'était elle qui l'avait élevée toute seule, car son mari avait eu un travail l'occupant autant le jour que la nuit. Violet n'avait pas beaucoup côtoyé son père, un homme fort discret et pratiquement effacé de sa vie de petite fille. Mais jamais cette dernière ne s'en était plainte. Violet, d'une affectuosité débordante, avait été une enfant adorée par ses parents, malgré un caractère tempétueux et une cleptomanie dont elle ne s'était jamais vraiment défaite. Lady Susan n'avait, d'ailleurs, jamais vraiment su pourquoi sa fille était devenue à un très jeune âge, une chapardeuse — bien que le manque et finalement l'absence immuable de son père eurent pu en être la cause. Toutefois, aucune tare n'était connue dans sa famille. Malgré tout, le temps passant n'avait jamais permis à lady Susan de réussir à faire perdre ce travers à sa fille. Et bien que Violet ne se rende absolument pas compte de ses actes quand elle s'y prêtait, celle-ci avait été punie à chaque fois qu'elle s'était fait prendre par sa mère. Il y avait même eu ce désagréable matin, où lady Susan avait dû congédier deux domestiques lorsqu'elle avait retrouvé sa fille en pleurs. Violet avait entendu par mégarde la conversation de deux bonnes se moquant ouvertement d'elle en disant qu'avec un tel toc elle ne trouverait jamais un mari. Aussi, et pour plus de précautions, lady Susan avait éloigné sa fille de la bonne société afin que celle-ci ne se retrouve pas dans une situation déplaisante qui aurait pu la troubler voire la perturber pour longtemps.

Bien que des années se fussent écoulées, Violet n'arrivait toujours pas à surmonter sa propre honte. Aussi, comment aurait-elle réagi si les connaissances de sa mère avaient eu vent de ses chapardages ?

Heureusement, après le renvoi des bonnes, lady Susan était restée la seule à connaître la cleptomanie de sa progéniture. À tout le moins, elle n'avait jamais eu à s'expliquer auprès de quelques amies lorsqu'elle avait dû à chaque fois remettre discrètement à sa place, le petit objet chapardé par sa fille, lorsque cette dernière était présente à certaines réceptions. Ce qui, à chaque fois, les menait toutes deux dans de petites confrontations. Tout comme le débat sur ce déménagement pour lequel mère et fille s'étaient trouvées en désaccord pendant plusieurs jours.

Mais lady Susan adorait trop sa fille pour rester fâchée contre elle, même si celle-ci était quand même à l'aube de ses vingt-sept ans et qu'il était temps pour elle de se trouver un époux. Or, ce n'était pas faute à sa mère d'avoir essayé de la marier un nombre de fois impressionnant !

Violet était une jeune femme si agréable, que lady Susan ne comprenait toujours pas pourquoi aucun homme ne lui avait encore demandé sa main. Cela ne pouvait pas être sa cleptomanie puisqu'elle était certaine que personne n'était au courant de ce *petit* défaut.

Évidemment, sa mère ne savait pas que lors de réceptions ou autres bals, Violet, sous un air fort agréable, piquait du verbe l'incertain jeune promis au point que ce dernier se sauve sans demander son reste. Et cette caractéristique d'avoir *la langue bien pendue* pouvait aussi venir du fait que le soir de ses vingt ans, elle s'était laissée embrasser par le frère de Joséphine, son amie d'enfance. C'était le deuxième baiser qu'elle recevait dans sa vie et celui-ci lui avait semblé être un affreux étouffement. Elle avait eu tant de mal à reprendre son souffle qu'elle s'était demandée si Auguste n'avait pas voulu la tuer. Aussi, les expériences du baiser s'étaient arrêtées ce soir même et jamais plus elle n'avait laissé un homme l'approcher. À tel point que sa mère semblait croire qu'elle finirait vieille fille comme les *sœurs Austen.*

Après ce terrifiant évènement et afin d'éviter de se retrouver à nouveau dans une telle situation, Violet avait armé son vocabulaire de piques verbales et de saillies mordantes et tout cela, toujours accompagné d'un sourire à faire damner un Saint !

Il faut dire que Violet avait été à bonne école en prenant exemple sur sa chère maman qui, malgré une verve moins satirique, avait souvent le dernier mot. Ce que cette dernière avait encore prouvé même si, tel un parcours du combattant à traverser en petits souliers de soie, elle avait réussi à affronter sa fille pour ce déménagement. Certes ! Avec beaucoup de mal pour lui faire entendre raison que vivre dans le Berkshire était ce qu'il y avait de mieux pour elles deux. Même si Violet avait ce caractère emporté, lady Susan n'en avait pas été moins convaincante en assurant à sa fille qu'elle pourrait continuer à œuvrer à l'orphelinat d'Abingdon. Celui-ci était moins imposant que celui de Beaurepaire, mais ce qui comptait, c'est qu'il était plein d'enfants en manque d'attention.

Et de l'attention, Violet en avait à revendre !

Sa mère avait usé de la seule faiblesse de sa fille. Elle savait à quel point Violet adorait les enfants. Celle-ci n'avait jamais su résister à l'appel de ces pauvres petits chérubins. Prise par les sentiments, son enthousiasme se décuplait et effaçait instantanément sa mauvaise humeur et dans ce cas-là, peu de choses l'arrêtaient. Qui plus est, ses bonnes œuvres de charité l'occupaient assez pour qu'elle ne pense pas à convoler en justes noces bien que parfois, elle y songeât sans vraiment en avoir l'envie.

Lady Susan, qui se trouvait ravie d'avoir vu sa fille lui céder leur départ, s'était dit, que plus tôt elles seraient sur le territoire anglais, plus vite il y aurait alors une chance pour que Violet s'attache les avances d'un beau lord anglais, avant de commencer par s'attacher l'amour de petits orphelins.

À tout le moins, lady Susan en nourrissait l'espoir…

Pourtant, à la veille de leur départ de Beaurepaire, lorsque Violet s'était rendue dans sa chambre pour y passer sa dernière nuit, ses pensées s'étaient emballées au point de lui rappeler un évènement qui avait eu lieu dans sa seizième année : son tout premier baiser. Les couloirs du temps avaient effacé le reste ne lui laissant qu'un vague souvenir enrobé de quelques lointaines sensations.

Du reste, ce baiser avait-il été si agréable qu'elle se l'était imaginé, sur l'instant ?

Cette pensée l'avait fortement troublée, car bien que les sensations aient disparu, ce souvenir de jeunesse était toujours là, présent et bien ancré au fond d'elle. Afin de s'en débarrasser, elle avait secoué légèrement sa tête de droite à gauche comme pour chasser une mauvaise pensée, bien que les traits du visage de lord Edward ne lui apparussent plus depuis plusieurs années. Il faut dire qu'elle ne l'avait vu que quelques minutes, tout au plus, durant cet échange qui avait été loin d'être bienséant…

Allongée sur son lit, elle s'était alors écriée le visage collé dans son oreiller : « Arrête de penser à lui ! »

Puis, elle avait continué à songer à lord Edward en dégageant son visage du tissu moelleux tout en fixant le plafond avant de se dire, comme pour s'en convaincre : « *De toute façon, il doit être tout vieilli avec des traits quelconques !* »

Une pensée en amenant une autre, elle s'était mise à repenser à Auguste, tout en fermant fortement les yeux, ce qui avait occasionné une jolie petite grimace sur son beau visage. Auguste l'avait tellement écœurée qu'elle s'était demandé, depuis plusieurs années, si son premier baiser échangé avec lord Edward n'avait pas été qu'un doux rêve. Indéniablement, elle n'avait aucune envie de retourner en Angleterre pour en connaître la réponse !

Elle, la belle Belliriparienne ne voulait plus jamais être embrassée de peur d'être déçue… ou peut-être bien d'être étouffée !



Les yeux larmoyants, Violet renifla et le père François se réveilla en sursaut.

— Continuez, ma fille. Je vous écoute, poursuivit-il en refermant déjà ses petits yeux porcins.

En pensant à feu son père, Violet ne put retenir quelques larmes, mais elle décida de poursuivre sa confession.

— J'avais un peu plus de dix ans lorsque j'ai pris cette petite boîte en bois que papa m'a obligée à rendre comme tous les objets que je prenais sans d'ailleurs m'en rendre compte. Je ne sais comment celle-ci s'est retrouvée à nouveau dans ma poche, mais je peux vous assurer, mon père, que je ne l'avais pas fait exprès ! Et… euh…, il y a eu aussi…



*« Ma chère amie, c'est peut-être pour vous le moment de refermer ce livre ! Mais si la curiosité vous appelle, poursuivez-en la lecture ! Vous saurez alors ce qu'il s'est passé dans cette histoire, car cette histoire avait pour ainsi dire commencé dix ans plus tôt… »*

C'était donc en ce 7 janvier de l'année 1889 que lord Edward, étudiant à Eton et se trouvant en vacances chez ses parents, était tombé amoureux de mademoiselle de Laroche, une jeune fille rencontrée ce soir-là. De par les circonstances, il aurait pu la rencontrer au bal, devancé d'une réception que ses parents avaient donnée en leur demeure et pour laquelle un nombre incroyable de personnes avaient été conviées.

Mais non ! Ce n'était pas sur la piste de danse qu'il l'avait rencontrée, mais bien ailleurs...

Il devait être presque onze heures du soir, quand Edward avait surpris la demoiselle dans le bureau de son père. La jeune fille s'était cachée derrière un énorme fauteuil au moment même où il avait surgi dans la pièce avec lord Manton, son ami d'enfance. Lord Edward s'était saisi de la boîte à cigares que son père lui avait demandé d'aller chercher dans son bureau, quand soudain, il avait remarqué un bout de tissu sur le sol qui, lui sembla-t-il sur l'instant, s'était agité. Surpris, il n'avait dit mot à son ami avec lequel il était aussitôt ressorti du bureau de son père. Après quelques pas, lord Edward avait demandé à lord Manton d'apporter la boîte de cigares dans le grand salon. Il avait prétendu devoir se soulager d'une envie pressante. Son ami avait agréé à sa demande, et lord Edward s'était à nouveau dirigé, tout seul, vers le bureau de son père, d'un pas conquérant. Pendant ce temps, la demoiselle était sortie de sa cachette et elle était en train de fureter des yeux les livres posés sur une petite étagère murale, quand soudain elle avait entendu des bottes claquer le marbre du long corridor. Juste à temps, elle s'était jetée au sol et s'était glissée sous le secrétaire. Lord Edward après avoir pénétré dans ladite pièce, avait pris soin d'en refermer la porte derrière lui. Loin d'être un sot, il avait signifié à *l'indiscrète* qu'il était là. Il l'avait sommée de se montrer tandis qu'il refermait l'un des deux tiroirs du bureau. Du reste, il était certain que celui-ci n'était pas ouvert lorsqu'il avait quitté la pièce quelques minutes plus tôt. La jeune fille s'était relevée avec difficultés dans le bruissement de la soie de sa robe de chambre. Tellement subjugué par sa beauté, il en avait oublié qu'elle était certainement une invitée ou bien même, une voleuse. Une très jeune voleuse, d'ailleurs, sans le savoir. Lady Violet prise tel un lapin par un chasseur avait cherché une excuse plausible.

Mais rien ne lui était venu à l'esprit !

Le jeune homme lui faisant front était d'une beauté peu commune. Il était jeune, il était beau comme un Dieu de l'Olympe et surtout, il devait être l'héritier de la maison dans laquelle elle n'avait pu s'empêcher de fourrager. Troublé par la demoiselle dont les courbes étaient loin d'être celles d'une jeune fille, lord Edward ne s'était repris qu'au bout de plusieurs longues secondes. Ce qui était incroyable, car il était difficile de le surprendre et, malgré un caractère plutôt agréable, il émanait de sa personne une assurance pouvant parfois décontenancer son *adversaire*...

— Qui êtes-vous, Mademoiselle ? avait-il demandé d'un ton autoritaire.

— Je viens de France, avait répondu Violet avec un fort accent français dans un mauvais anglais.

— Non... Qui êtes-vous ? avait-il répété radouci pour qu'elle le comprenne.

— Oh... Je suis... Je suis Caroline de Laroche, Monsieur, avait-elle menti.

C'était le nom qu'elle avait lu dans un livre qu'elle avait pris sur l'étagère avant de le délaisser sur le bureau. Cela lui avait semblé plus prudent, sur l'instant, de ne pas lui faire connaître son véritable nom.

— Que faites-vous ici, Mademoiselle ?

— Absolument rien, Monsieur ! Je me suis égarée, avait-elle prononcé, avec difficultés tant sa bouche lui avait paru sèche tout à coup.

— Je suis surpris, voyez-vous, car je suis persuadé que ce tiroir était fermé, avait-il rétorqué en lui montrant du doigt ledit tiroir tout en relevant ses sourcils.

— Oups ! n'avait-elle su que lui répondre.

Edward, la regardant toujours, s'était avancé jusqu'à elle. Elle avait voulu reculer, mais le secrétaire l'en avait empêchée. Edward s'était approché si près d'elle, qu'elle avait pu sentir son parfum boisé, si masculin. D'un geste sûr, il avait enveloppé entièrement de ses mains celles de la jeune fille et l'avait forcée à les ouvrir afin de vérifier que rien ne s'y trouvait à l'intérieur. Occupé à fixer les paumes de ses jolies mains si féminines, lord Edward s'en était trouvé moins attentionné. Violet en avait profité pour le repousser avec son corps, et ce, afin de tenter de lui échapper. Il l'avait alors rapidement contrée et plaquée contre lui avant de réussir aisément à l'acculer jusqu'au bureau tout en maintenant ses deux mains dans le dos qu'il retenait toujours fermement dans les siennes. À force de se tortiller dans tous les sens pour se débattre, la ceinture de la robe de chambre de Violet s'était dénouée et les pans de celle-ci s'en étaient entrouverts, laissant apparaître une chemise de nuit parme. Le tissu avait également glissé d'une épaule dévoilant là, une blancheur de peau et un grain de beauté fort beau. Edward avait son visage si près du sien que la respiration de Violet s'était accentuée. Surtout au moment où il n'avait pu s'empêcher de jeter un regard de convoitise sur cette épaule. Elle avait penché la tête de l'autre côté lui offrant une vue splendide sur son cou et sur sa poitrine se soulevant à chaque forte inspiration qu'elle tentait de maitriser.

— *Seigneur ! Quelle gorge !* avait-il songé, la tête soudainement enivrée.

Après un instant de silence, durant lequel Edward avait

essayé de se ressaisir tout en la maintenant toujours fermement contre lui, il s'était adressé de nouveau à elle.

— Pourquoi êtes-vous…

— Caroline, avait-elle soufflé dans un murmure en lui coupant la parole tout en penchant sa tête en arrière.

Il est certain qu'elle avait cherché à le distraire de ses questions pour lui échapper, mais Edward n'était pas né de la dernière pluie.

— Oui… Caroline, avait-il répété son prénom avec sensualité avant de pencher la tête sur le côté tout en l'étreignant un peu plus.

Violet, prise de frissons, avait incliné sensuellement sa tête elle aussi. C'est ainsi qu'ils s'étaient retrouvés dans un vis-à-vis inversé, leurs regards accrochés, leurs souffles se mélangeant déjà dans une danse folle, leurs corps chargés d'un courant fougueux.

Leur lutte était si corporelle…

Violet s'était agitée de nouveau et Edward avait resserré un peu plus son étreinte. Prête à faire semblant de tomber en pâmoison, elle avait incliné légèrement sa tête en arrière. Edward l'avait doucement ramenée vers lui et leurs regards s'étaient rencontrés derechef. Dès lors, Violet s'était sentie tout chose et, avec le regard troublé, elle s'était mordillée la lèvre inférieure avec sensualité. Cette petite mimique follement séduisante avait rendu totalement déraisonnable la conduite, habituellement fort exemplaire, d'Edward. Surtout lorsque les effluves de son parfum lui étaient montés à la tête. Elle sentait bon la vanille. Une vanille qu'il avait hâtivement l'envie de goûter, là, tout de suite, sur l'instant. Finalement, il n'avait pu résister plus longuement. Le cœur battant, il avait effleuré ses lèvres des siennes et avait entrepris de goûter et d'explorer cette bouche si tentante. Il fut si doux qu'elle l'avait laissée s'approcher, puis qu'elle s'était laissée embrasser. Lorsqu'il l'avait sentie se relâcher dans sa résistance, il en avait profité pour se plaquer plus étroitement contre elle. Reprenant à peine sa respiration, Edward avait reposé sa bouche sur la sienne avant de forcer délicatement la barrière de ses dents. Violet s'était laissé envahir par une douce torpeur avant de s'abandonner totalement à ce baiser. Elle avait eu l'impression de rentrer dans un monde mystérieux. Du reste, Edward avait également le même sentiment… Leurs cœurs, eux-mêmes, semblaient s'être accordés dans un rythme infiniment lié. Violet, le corps agréablement sublimé par toutes ces nouvelles sensations, avait cherché à rendre à Edward cette extase. L'échange sulfureux qu'ils vivaient était au-dessus de toute sentence. Rien ne pouvait décrire cette sensation, ce sentiment de s'appartenir en cet instant et à tout jamais. Leur baiser, tel un ballet, fut long. Très long et langoureux. Edward l'avait soudain relâchée pour mieux l'attraper par la taille. Elle s'était naturellement accrochée à lui, et il l'avait soulevée légèrement pour l'installer sur le bureau sans relâcher une seule fois ses lèvres. Il s'était noyé dans la chaleur de sa bouche avec le désir puissant de ne jamais vouloir s'en détacher.

Il s'était collé à elle, plus pressant.

Elle s'était pressée contre lui, plus impérieuse.

Edward s'était ensuite détaché de sa bouche afin de descendre sur sa gorge, la parsemant de petits baisers jusqu'à atteindre son épaule si délicate. Elle avait poussé un petit râle et c'est instantanément qu'il avait repris sa bouche dans un baiser passionnel.

À cette époque, lord Edward était un jeune homme de vingt ans n'ayant pas encore jeté sa gourme. Malgré cela, à cet instant précis dans les bras de cette inconnue l'ensorcelant totalement, il aurait pu naturellement se laisser aller à le faire. Elle lui avait paru si consentante, si complaisante qu'effectivement, il s'était bien senti l'envie de devenir un *homme* ce jour-là…

Subitement, un sentiment de profond respect avait réussi à traverser son esprit embrumé par une tension monstre lui déchirant l'entrejambe. C'est avec une soudaineté inattendue qu'il s'était détaché de Violet, laquelle s'était brusquement sentie perdue. Les lèvres tremblotantes, elle avait caché longuement ses belles prunelles sous ses paupières et avait songé qu'elle ne pouvait qu'avoir rêvé cet instant magique et si unique. Finalement, elle avait cligné des yeux et à la vue enchanteresse d'Edward elle en avait apprécié que davantage, cette douce réalité. Aussi, ne voulant pas la gâcher, elle avait glissé sa main dans la poche gauche de sa robe de chambre dans laquelle se trouvait une de ses pièces d'argent.

— *Ouf ! Je n'ai rien pris par mégarde puisque j'ai toujours cette pièce sur moi,* avait-elle songé.

Ce qui avait été amplement suffisant pour la rassurer sur le moment. Edward l'avait fixée de ses beaux yeux vert clair. Les joues rougies, les lèvres gonflées, elle haletait toujours quand, tout à coup, elle s'était reprise. Elle avait senti qu'elle avait également un petit objet dans sa poche droite.

Voilà ! Elle avait recommencé à chaparder et n'avait même pas payé pour ce larcin !

Il lui fallait se sauver !

En tâtant le petit objet, elle s'était piquée sur une pointe sans se faire mal. Sûrement l'ouvre-lettres en argent qu'elle avait vu dans le tiroir et qu'inconsciemment elle avait chipé. Toujours envahie de fortes émotions déclenchées par cet échange physique, elle se rendit compte, avec difficultés, certes ! que si cet homme venait à découvrir son chapardage, elle pourrait le payer fort cher !

Sans prendre le temps de réfléchir une seconde de plus, elle avait ramassé sa ceinture et l'avait renouée autour de sa taille. Edward, les joues rougies autant que Violet, était resté figé durant tout ce temps. Avant même qu'il ne fasse un mouvement de plus, elle s'était déjà échappée du bureau. Durant cette soirée-là, il l'avait recherchée dans tout le domaine, mais elle était restée introuvable. Et malheureusement pour lui, au lendemain de cette fabuleuse rencontre, il avait dû retourner à Eton. Elle avait disparu de sa vie avant même qu'il n'en sache plus sur elle, mais son côté fier ne lui avait pas permis d'épancher son cœur auprès de sa mère. Pendant plusieurs semaines, dès qu'il le pouvait, il avait continué à la rechercher. Seul lord Manton en avait eu connaissance. Malgré tout, lord Edward ne lui avait jamais soufflé de détails sur l'échange passionnel qu'il avait eu avec mademoiselle Caroline de Laroche. Et même si un homme doit vivre sa vie de garçon, il s'était refusé à toute liaison durable avec d'autres femmes. Si mademoiselle de Laroche était réapparue dans sa vie, il n'aurait jamais supporté d'en avoir épousé une autre qu'elle.

Bien qu'il se pût que cette pensée se trouvât quelque peu modifiée par ce qu'il découvrit lorsque son père l'avait envoyé chercher, quelques semaines plus tard, un dossier dans son bureau. Edward était tombé sur le livre que Violet n'avait pas eu le temps de replacer sur l'étagère, le soir de leur rencontre. Et, a priori, personne n'avait songé à le ranger. C'est en déplaçant plusieurs dossiers posés sur le bureau que son regard avait été attiré par la couverture de ce livre quelque peu grivois. À la lecture du titre « Mademoiselle Caroline de Laroche, la libertine du siècle », un pincement foudroyant lui avait traversé le cœur manquant presque de le faire tomber à la renverse. Il se rendit compte qu'elle s'était bien moquée de lui et l'avait habilement dupé. Cette exaspérante découverte mise à jour, plus aucune femme n'avait réussi à lui faire battre le cœur.

Pourtant, voilà que dix ans plus tard, lady Violet Templeton lui faisait ressentir les mêmes sensations que cette inconnue. Il avait l'impression qu'elle portait le même parfum, que ses yeux avaient la même couleur : un bleu lilas profond et velouté à s'y noyer dedans. Et son sourire le troublait autant que celui de cette imposture de mademoiselle de Laroche.

Seulement, voilà ! Lady Violet était anglaise et dotée d'un caractère, à ne pas s'y tromper, bien plus trempé !

Ce constat s'était en effet présenté à lui lorsqu'il l'avait surprise dans la galerie d'art de la demeure de ses parents, à peine une demi-heure plus tôt. En effet, lady Susan était arrivée avec sa fille chez son amie d'enfance, lady Shirley Somerford — comtesse de March et surtout *mère* d'Edward. Les retrouvailles des deux amies s'étaient faites dans de grands effluves de joies après dix années sans se voir.

— Je suis de retour, ma tendre amie ! s'était exclamée lady Susan.

— Oh, ma chère, ma chère ! Comme vous m'en voyez heureuse ! s'était exclamée à son tour lady Shirley en la serrant dans ses bras.

— Oui, et, cette fois-ci, c'est pour de bon ! avait répondu lady Susan en l'étreignant à son tour.

Les deux amies qu'elles formaient étaient enthousiastes de se retrouver après tant d'années. Violet les avait regardées toutes deux s'essuyer leurs yeux tout en se tenant par la main. Elle s'était sentie heureuse de voir sa mère si joyeuse. Rien que pour cela, l'aigreur qui avait rempli son corps, quand elle avait su qu'elle venait vivre dans ce pays, s'était estompée. La joie l'avait finalement envahie et lady Shirley, l'ayant enfin remarquée, s'était adressée à elle.

— Et vous devez sans doute être lady Violet, mon enfant, avait-elle dit en lui tendant ses mains.

— Oui, Madame, avait répondu Violet en lui tendant les siennes.

— Ma chère Susan, votre fille est d'une beauté sans pareille ! s'était exclamée lady Shirley.

Puis elle s'était de nouveau tournée vers Violet, tenant toujours entre ses mains les siennes.

— Êtes-vous déjà engagée, Violet ?

— Non, Madame.

— Oh, eh bien, j'ai hâte que mon fils vous rencontre ! Et pas de madame entre nous, voulez-vous bien ? Votre mère est comme une sœur pour moi ! D'ailleurs, j'aurais presque pu être votre tante, si j'avais accepté la demande en mariage du frère de votre mère. Mais l'amour m'avait déjà frappé sous un autre regard…

Violet s'était mise à rougir aux propos de lady Shirley. À tout le moins, de sa première phrase. Qui plus est, même si elle avait été surprise d'entendre que sa mère avait un frère dont elle n'avait jamais entendu parler, elle n'avait fait aucune allusion sur cette surprenante information. Surtout lorsqu'elle avait jeté un regard à sa mère qui s'était mise à rougir fortement. Elle avait beau avoir été surprise, Violet avait décidé de lui en parler plus tard, quand elles seraient à nouveau toutes les deux.

— En parlant de cet autre regard, avait poursuivi lady Shirley, mon tendre mari ne rentre que tard, ce soir. Il est parti voilà déjà trois longues semaines au nord du pays, afin de clôturer des affaires urgentes. Mais il est toujours d'une telle précision que je m'attends à le voir revenir à onze heures précises comme il me l'a écrit dans sa dernière lettre. Ce qui veut dire que cela nous laisse assez de temps pour discuter, ma chère Susan ! Et pour que vous me racontiez tout ce que j'ai manqué durant toutes ces années, avait-elle déclaré avec un sourire coquin avant de s'adresser à Violet presque sans prendre une nouvelle inspiration. Ma chère enfant, avait-elle poursuivi en fixant Violet de ses jolies prunelles mordorées, mon fils est sorti à cheval voilà plus de deux heures et ne devrait plus tarder à rentrer. Je vais lui faire parvenir un mot immédiatement pour qu'il se joigne à nous dès son arrivée !

Et tout en joignant le geste à la parole, elle avait sonné son majordome et lui avait remis le petit carton sur lequel elle avait griffonné rapidement quelques mots.

Violet n'avait su que répondre à cette phrase. Heureusement pour elle, sa mère s'était adressée à lady Shirley en conversant sur l'acquisition de la demeure voisine dont son amie s'était empressée avec son époux, à lui faire réserver par le biais de leur notaire. Il n'en avait pas fallu plus à lady Shirley pour s'enflammer. Violet, qui au bout de cinq longues minutes durant lesquelles les deux amies étaient plongées dans une grande discussion, avait senti qu'il lui fallait se rendre dans la pièce des commodités. Elle avait hésité à couper lady Shirley dans son enthousiasme, pourtant celle-ci lui avait indiqué le lieu dans une réponse faite presque dans la continuité du dialogue qu'elle avait avec son amie et avait repris celui-ci sans s'interrompre une seule seconde. Violet les avait laissées seules à leur discussion et s'en était allée presque sur la pointe des pieds à la recherche de ladite pièce. La demeure était si vaste que, bien évidemment, elle s'était égarée. Au bout de dix longues minutes, et après avoir sollicité l'aide d'une bonne, elle avait enfin trouvé le lieu tant convoité. Elle en était ressortie quelques minutes plus tard et tout en marchant d'un pas léger, elle s'était trompée de couloir.

Elle n'était, a priori, pas dotée d'un sens aigu de l'orientation !

De ce fait, elle s'était retrouvée dans la galerie d'art dans laquelle voisinaient avec les tableaux de famille de jolis petits objets en argent, des vases de Chine et autres objets brillants. Les yeux de Violet s'étaient aussitôt mis à scintiller. C'était plus fort qu'elle, ce besoin permanent de toucher un objet. Le désir était toujours plus fort et elle avait toujours eu du mal à le réprimer. Pendant qu'elle était en train d'admirer le nombre incroyable d'objets qu'il y avait dans la pièce, Edward, qui était rentré de sa promenade à cheval, était arrivé par les cuisines. Il avait dû emprunter la porte de service à cause de ses chaussures toutes crottées de boue. Retrouvant son valet de pied qui attendait son retour, ce dernier tout en lui tendant une paire de bottes rutilantes, lui avait remis le petit mot de sa mère : *« Edward, venez me rejoindre ardemment dans le grand salon. Maman. »* Aussi, avait-il traversé d'un pas rapide le corridor principal afin de connaître la raison de cette sollicitation. La soudaineté d'une voix angélique fredonnant une douce mélodie s'élevant dans les airs de la galerie d'art lui avait fait arrêter son pas. Finalement, au bout de cinq petites secondes, il avait changé de direction pour se diriger vers celle-ci. C'était en traversant le seuil de la porte qu'il avait aperçu Violet. Il était resté quelques secondes à l'observer. Elle avait une très belle allure de dos et ses vêtements étaient de bonnes factures, avait-il tout de suite remarqué. Il avait ressenti un léger frisson sans savoir, du reste, pourquoi. Mais tandis qu'il avait l'intention d'aller se présenter à elle, puisqu'elle avait sûrement dû être invitée par sa mère, avait-il songé, il l'avait vue mettre dans son réticule une petite fiole en cristal. Elle avait déposé quelque chose sur le plateau d'argent, mais bien trop furibond à ce moment-là, il ne s'en était même pas aperçu.

Assurément, elle s'était crue chez elle !

Ses bottes éclatantes de propreté lui avaient permis de se déplacer sans bruit jusqu'à elle. De son bras droit, il l'avait encerclée par-derrière lui bloquant ainsi ses deux bras tandis qu'il s'était saisi, avec sa main gauche, de son réticule en soie bleue coordonnée à ses vêtements.

Incontestablement, Violet fut méchamment médusée !

Tout en se retournant pour se défendre, elle lui avait *expédié* un coup de poing dans l'estomac. Edward, pas du tout paré à recevoir un tel coup, surtout de la part d'une femme, s'était plié en deux. Malgré cela, il avait réussi à attraper les jupons de Violet qui, pour se défendre, l'avait repoussé violemment de ses mains. Edward était tombé à la renverse tout en emportant avec lui la jeune femme. Ils s'étaient tous deux retrouvés allongés l'un sur l'autre dans une position que la bienséance aurait déclaré des plus déplacées. Violet avait tout de même essayé de se relever.

Mais en vain…

— Ne l'espérez même pas ! s'était écrié Edward, encore le souffle court dû au coup de poing qu'il avait reçu, tout en la ceinturant en même temps.

Pour toute réponse, elle avait approché son visage du sien. Sur l'instant, il en fut si surpris qu'il avait relâché quelque peu le tissu qu'il retenait fermement dans ses mains. Elle avait minaudé un sourire et avait papillonné des yeux avant de déposer un léger baiser sur ses lèvres. Son cerveau s'était déconnecté et il avait été incapable de réfléchir. Une salve d'émotions, qu'il n'avait jamais ressenties pour une femme auparavant, l'avait submergé.

Du moins, pas ressentie depuis si longtemps, qu'il en avait presque oublié que cela existait !

Malgré ce trouble l'envahissant quand elle avait touché ses lèvres, Edward n'était pas dupe ! Violet avait eu beau lui présenter son plus beau sourire afin de pouvoir se libérer, le cerveau d'Edward s'était aussitôt remis en route. C'est avec vigueur qu'il l'avait forcée à rester sur lui. Mais Violet n'avait jamais manqué d'idées, parfois saugrenues, certes ! Mais il y en avait toujours une pour la sortir du pétrin dans lequel elle se mettait si souvent. C'est ainsi qu'elle n'avait pas hésité à lui envoyer le genou dans son entrejambe afin de se libérer de ses bras puissants. Heureusement pour Edward, il avait pu parer au coup en serrant les jambes. Tant bien que mal, elle avait réussi à se relever, mais il lui avait attrapé la cheville et, à nouveau, elle avait chuté.

De tout son long !

Finalement, il s'était relevé et l'avait fermement attrapée par le poignet tout en la relevant avec une facilité inattendue. Elle avait soufflé de colère, mais il l'avait regardée tout en lui souriant. Chose incroyable chez lui, car il ne souriait que rarement. Il faut dire qu'il était plutôt collet monté…

— *Seigneur, quel sourire ! Et quelle puissance !* avait-elle tout de même pensé malgré les émotions qui l'avaient traversée.

Surtout qu'à ce moment-là, tout en réajustant sa veste et son pantalon, il la maintenait toujours fermement. Avec une soudaineté qui les avait surpris tous deux, ils avaient entendu des pas arriver vers eux.

— Mon fils ! Je vois que vous avez rencontré la fille de mon amie d'enfance, avait annoncé sa mère.

— Mince ! avait-il soufflé entre ses dents.

— Mince ? avait rétorqué à voix basse Violet tandis qu'ils

avaient tous deux les yeux rivés l'un à l'autre.

Bien qu'il tournât le dos à sa mère, Edward n'avait pas voulu lui laisser entrevoir ce qui venait de se dérouler dans cette pièce. De ce fait, comme il maintenait toujours fermement le poignet de Violet de sa main droite, il avait relâché celui-ci, presque dans une caresse, avant de faire glisser ses doigts jusqu'à la délicate main, dont il trouvait que la peau ressemblait à s'y méprendre à de la porcelaine. Violet, surprise, n'avait pas dérobé sa main à cet effleurement. Il avait attrapé d'une main chaude les doigts de la jeune femme qui s'étaient mis à trembler quelque peu. Tout en la fixant d'un regard brillant, il avait porté à ses lèvres le dos de sa main, dont le grain de peau lui paraissait d'une douceur étonnante. Violet avait été incroyablement décontenancée par le tendre baiser qu'il s'était permis d'abandonner dessus. Mais Edward s'était déjà ressaisi. Il avait jeté un regard sur son réticule se balançant légèrement à son ravissant poignet avant de lui susurrer d'une tonalité menaçante, ceci :

— Je vous laisse dix secondes, Milady, pour remettre en place ce que vous avez pris. Passé ce délai, il sera trop tard pour vous…

Avec un visage impassible, il l'avait fixée de nouveau du regard tout en lui octroyant une petite révérence du chef avant de se détourner d'elle. C'est avec un magnifique sourire qu'il avait *affronté* sa mère. Cette dernière lui avait souri en retour, tant elle était heureuse de le voir si animé. Les joues de son fils étaient colorées et son souffle lui semblait haletant.

Elle s'était déjà imaginée mère de la belle enfant !

Le visage rougi d'émotions contradictoires, Violet avait ouvert son réticule pour s'apercevoir qu'il contenait bien une petite fiole en cristal et que sur le petit plateau se trouvait bien une pièce d'argent lui appartenant sans nul doute. Elle l'avait aussitôt récupérée et avait reposé la petite fiole en cristal aussi délicatement que possible sans attirer l'attention sur elle. Edward, qui lui avait jeté un bref coup d'œil, à ce moment-là, avait remarqué son geste qu'elle aurait voulu discret.

— Eh bien, Edward ! Vous souvenez-vous de nos invitées ?

— Non, mère. Mais le devrais-je ? avait-il répondu tout en ayant un sourire suffisant en fixant la jeune femme de son beau regard vert.

— Ah ! Ces jeunes ! s'était exclamée sa mère en regardant son amie. Mon fils ! Je vous présente lady Susan et sa fille, lady Violet.

Après l'avoir embrassée sur la joue, Edward s'était détourné de sa mère pour déposer un léger baiser sur la main que lui avait tendue lady Susan. Après ce geste de bienséance exécuté avec une courtoisie fort élégante, Edward s'était tourné de nouveau vers Violet qui était devenue rouge pivoine.

*« Voilà donc, ma chère amie, où s'en trouvait Edward, une demi-heure après avoir rencontré cette lady chapardeuse ! »*

Il la fixa et plissa soudainement les yeux. Maintenant qu'il la voyait moins agitée et surtout bien de face, il lui semblait reconnaître ce regard.

Ces prunelles pourprines, cette bouche si tentante, et ce parfum de vanille qui lui grisait encore les narines !

— *Serait-ce elle ?* songea-t-il, le cœur battant.

Saisie d'un tremblement dans tout le corps, Violet le fixait, elle aussi, dès qu'elle avait entendu lady Shirley prononcer le prénom de son fils.

— *Serait-il possible que ce soit ce garçon d'il y a dix ans ?* songea-t-elle, bouleversée.

Après quelques présentations plus formelles durant lesquelles lady Shirley présenta son fils comme étant le vicomte de Berkeley et en soulignant qu'il n'était pas marié, et encore moins engagé, elle demanda à son majordome de faire servir le thé accompagné de quelques gâteaux sortant du four. Pendant cette collation de bon goût servi dans le salon vert — la pièce la plus agréable du domaine après la bibliothèque —, Violet s'était sentie très mal à l'aise. Edward n'avait cessé de la fixer pendant que leurs mères s'entretenaient toujours avec le même enthousiasme que dans l'heure précédente. Aussi, n'avait-elle pu réussir à placer un seul mot entre les deux femmes, afin de détourner l'attention que lui portait Edward. Ce dernier, d'ailleurs, avait un drôle de sourire.

Nigaud ! Béat ! Comblé !

Chose dont la jeune femme ne comprit absolument pas pourquoi il semblait si heureux alors qu'elle-même se sentait tant déstabilisée…

— ♥ —

Violet et sa mère étaient rentrées à leur hôtel. Comme il était prévu que lady Susan acquière la demeure voisine des Somerford pour laquelle lady Shirley lui ayant fait savoir qu'il ne lui restait plus que quelques formalités à signer avant de pouvoir s'y établir, l'hôtel d'Abingdon serait encore leur résidence durant les quinze prochains jours. Lady Susan, encore comblée par ses retrouvailles, embrassa sa fille sur le front avant d'aller dans sa chambre. Violet pénétra dans la sienne l'esprit contrarié et en pleine confusion oubliant, par ailleurs, à poser quelques questions à sa mère afin d'obtenir une explication à propos de ce surprenant oncle, dont elle n'avait jamais eu connaissance…

— Se peut-il que *cet* Edward soit celui qui m'a embrassée dix ans plus tôt ? *Il est plaisant, certes !* Seigneur ! *Et si c'était bien lui…*

Elle en était là, plongée dans ses réflexions semi-silencieuses quand elle fut surprise par sa mère qui pénétra dans sa chambre par la porte attenante aux deux pièces.

— Vous n'êtes pas encore prête, ma fille ! s'exclama lady Susan.

— Non, maman. Mais nous venons à peine de rentrer, répondit Violet en écarquillant ses beaux yeux tandis qu'elle était confortablement installée dans un fauteuil sans aucune activité de lecture ou de couture…

— Mais non, ma fille ! Cela fait plus d'une heure que vous êtes dans votre chambre.

— Ah, bon ? J'avais le sentiment que l'on venait à peine de rentrer. Je dois vraiment être fatiguée, maman.

— Si vous préférez que l'on dîne ici, je peux annuler le restaurant, demanda sa mère en s'approchant d'elle.

— Non, maman. C'est bon ! Accordez-moi juste quelques minutes, s'il vous plaît.

— Bon, eh bien ! si vous en êtes certaine, je retourne vous attendre dans ma chambre, répondit lady Susan en lui déposant un baiser sur la joue.

Violet se releva de son assise et décida de se hâter pour ne pas faire attendre sa mère. Elle se saisit de son réticule afin de prendre quelques épingles à cheveux qu'elle avait mises ce matin même à l'intérieur. Lorsqu'elle le déversa sur son lit, un bouton de manchette en or orné d'une belle émeraude roula sur son édredon de soie rose, en même temps que deux épingles et quelques pièces d'argent.

À qui pouvait bien appartenir ce bouton de manchette ?

Elle ne se rappelait absolument pas avoir mis ce petit bijou dans sa petite bourse…

— ♥ —

Edward était à peu près dans le même état que Violet. Une pulsion n'arrêtait pas de cogner dans son ventre dès lors qu'il s'était imaginé avoir retrouvé la belle et fameuse mademoiselle de Laroche. Il avait l'esprit complètement retourné par sa découverte. Tout en se déshabillant pour changer de chemise — puisque celle qu'il portait était toute froissée depuis que Violet s'était retrouvée allongée sur lui —, il s'aperçut qu'il avait perdu un bouton de manchette. Mais son esprit était bien trop accaparé par autre chose pour s'en soucier. Avec un sourire béat tout en se vêtant d'une nouvelle chemise immaculée, il se posa à voix haute, la question suivante :

— Se peut-il que ce soit elle ?

Il ferma les yeux et repensa à la douceur du baiser qu'elle avait eu l'audace de déposer sur ses lèvres.

— Oui ! Ce ne peut qu'être elle ! s'exclama-t-il.

Il en avait la certitude.

*« Du moins, je peux vous dire, ma chère amie, que son cœur battait assez fort pour le lui laisser croire… »*

# Chapitre 2

*Boqueteau de Wittenham, vendredi 20 janvier 1899*

Chaque matin et d'aussi loin que l'on pouvait remonter dans la tendre enfance d'Edward, ce dernier adorait partir en promenade avec son animal de compagnie. Bien évidemment, le chien de sa jeunesse avait rendu l'âme, il y avait presque trois ans. Malgré la peine occasionnée par cette perte, Edward avait repris un chiot qui répondait depuis deux années au doux nom de Bandit. Avec cet adorable animal d'une taille déjà gigantesque, il s'était rendu à la forêt de Wittenham. Ce lieu de verdure, traversant plusieurs grandes propriétés, était plus long que large et voyait en son centre se former un petit boqueteau qui se trouvait précisément entre le domaine de ses parents et celui nouvellement acquis par lady Susan.

Edward cheminait depuis au moins une heure dans ce lieu paisible, où seulement entre les jappements de Bandit, on entendait quelques chants d'oiseaux. Durant toute cette balade, Edward avait lancé à plusieurs reprises à son chien, des bâtons et des pierres dans l'espoir de le voir lui rapporter au moins l'un d'eux.

Mais en vain, Bandit n'avait jamais été un chien qui rapportait à son maître…

Edward s'apprêtait à lui envoyer un ultime bâton quand il la vit : lady Violet ! Celle-là même qui occupait toutes ses pensées, tout en chamboulant sa vie en même temps que son cœur. Elle tenait un petit panier en osier et récoltait, lui semblait-il, des prunelles d'hiver. Elle s'était penchée sur un petit buisson et cueillait avec délicatesse des fruits mûrs quand Edward se rapprocha d'elle tout doucement pour la surprendre.

Mais Bandit fut plus rapide que lui !

Violet, toujours inclinée sur le petit buisson ardent, poussa un petit cri tout en se redressant quand elle vit le chien se positionner sur sa droite. Son panier se retourna déversant par la même occasion ce qu'il contenait. Mais Violet était trop terrorisée pour s'en préoccuper. Elle semblait même avoir du mal à prendre de l'air dans ses poumons.

— Ne faites aucun geste brusque, Milady ! lui intima Edward en arrivant du côté opposé au chien. Peut-être que ce loup a la rage…

— Mon Dieu ! Monsieur, je vous en supplie, faites quelque chose ! demanda-t-elle, complètement bouleversée, sans oser bouger.

Edward ramassa instantanément un bout de bois sec tandis que Violet manquait presque de défaillir tant elle se sentait envahie d'effroi par la situation. Edward — avec quelques grognements bien masculins — fit de grands gestes avec le bâton au-dessus de sa tête afin de faire fuir son chien. Ce dernier remua la queue lorsqu'il aperçut le bout de bois.

Son maître voulait encore jouer !

Oui ! Mais pas seulement avec lui, il semblerait…

— Va-t'en, sale bête ! cria-t-il tout en envoyant au loin dans un fourré ledit bâton.

Le chien, la langue pendante, se mit à courir aussitôt après le bâton. Edward en profita pour s'approcher de Violet qui était restée figée et toute chamboulée de frayeur. Elle s'agrippa à ce dernier et il l'attrapa dans ses bras avant de la serrer tendrement contre lui. Elle tremblait toujours quand il passa une main sous son menton et lui releva doucement le visage vers lui.

— Est-ce que vous allez bien, Milady ?

Elle le fixa de ses prunelles brillantes, mais ne put articuler un seul mot. Il lui caressa tendrement la joue du revers de sa main avant de déposer un baiser sur son front. Elle opina légèrement du chef afin de lui répondre, mais sa tête resta légèrement penchée en arrière tout en ayant son regard plongé dans le sien. Hypnotisé par ce regard pourpre, il l'étreignit un peu plus au creux de ses bras, et puisqu'elle lui tendait incontestablement sa bouche, il s'apprêtait à l'embrasser. C'est à cet instant précis que Bandit décida de réapparaître, son trophée entre les crocs.

— *Pour une fois que celui-ci se décide à me rapporter son bâton, il fallait vraiment que ce soit maintenant !* grogna sourdement dans sa tête Edward.

Bandit s'étant assis derrière la belle célibataire, cette dernière ne put ni le voir ni entrevoir les signes qu'Edward tentait de faire dans son dos pour faire partir la *bête*...

Cependant, le sentant s'agiter, Violet se détourna d'Edward pour s'apercevoir finalement que ce n'était pas un loup qui l'observait, mais un énorme chien à la gueule bien sympathique. Ce dernier attendait bravement que son maître lui relance son bâton qu'il avait déposé à ses pieds. Violet retourna vivement son visage vers Edward le surprenant ainsi en train de faire de grands gestes à Bandit, pour essayer de le faire déguerpir au plus tôt.

Mais en vain !

— Vous vous êtes bien moqué de moi, Monsieur ! Ce n'était pas un loup ! Vous n'êtes qu'une espèce... qu'une espèce de je-ne-sais-quoi, Monsieur ! lui lança-t-elle au visage en tournant les talons sans avoir oublié auparavant de lui mettre une tape sur l'épaule.

Pris sur le fait et ne sachant que répondre, Edward souriait niaisement de sa bêtise. Il était sûr que cela ne ferait qu'empirer leur relation, mais c'était tellement bon de l'avoir tenue entre ses bras qu'il s'en moqua totalement.

Violet avait ramassé son panier en osier et avait délaissé au sol tout le contenu qui en était tombé quelques minutes plus tôt. La colère lui piquait la langue, mais elle poursuivit son chemin sans se retourner une seule fois. Elle arriva dans les cuisines de sa demeure, et informa Mme Edwige qu'elle n'avait pas les fruits promis. C'est avec les joues encore rougies qu'elle arriva dans sa chambre.

— Pourquoi mère a-t-elle acheté cette propriété ? Pourquoi fallait-il que l'on se trouve si près de cette famille ? De cet homme !

Elle resta dans sa chambre toute la matinée et continua à maronner contre ce fait. C'est en voulant ranger quelques affaires que son réticule lui échappa des mains. Il tomba au sol en faisant un bruit métallique. Elle l'ouvrit et y trouva à l'intérieur, une jolie montre à gousset en or, portant les lettrines E.S. gravées au dos.

— Oh ! Mince ! Je n'ai tout de même pas pu faire cela sans m'en rendre compte ! se tança-t-elle.

Elle remit la montre à l'intérieur de son réticule et se dit qu'elle s'en occuperait plus tard. Violet redescendit rejoindre sa mère au salon avant de se rendre avec elle dans la grande salle afin de prendre leur déjeuner. Durant celui-ci, sa mère avait conservé son enthousiasme et lui avait parlé de plusieurs choses que Violet n'avait retenues qu'à moitié tant elle se sentait toujours décontenancée par ce qui lui était arrivé le matin même. Mais elle le fut plus encore lorsqu'à la fin de leur repas, elle vit la bonne déposer sur la table une magnifique tarte aux prunes.

— *Mme Edwige n'a pas pu faire une telle tarte sans les fruits escomptés !* songea-t-elle, surprise, le regard pensif.

Sa mère aussi fut surprise, car l'on pouvait trouver sans aucun problème des prunelles d'hiver, mais pas des prunes d'été. Qui plus est, la taille de ce dessert était bien trop importante pour seulement deux personnes, et sa cuisinière française n'avait pas pour habitude de faire du gaspillage avec la nourriture. Mais cette tarte était bien trop tentante pour la laisser se gâcher. Aussi, après en avoir mangé un morceau, lady Susan demanda qu'on lui en serve une autre petite part, qu'elle savoura tout autant que la première pour le plus grand désarroi de sa fille qui, impatiente, attendait la fin du repas pour aller demander quelques explications à leur cuisinière. Bien qu'elle soit une gourmande reconnue, Violet n'avait pas voulu y goûter. Mais le deuxième morceau que sa mère savoura avec une lenteur mesurée, pour profiter le plus longtemps possible des saveurs de ce merveilleux dessert, eut raison d'elle et lui mit l'eau à la bouche. Violet reconnut intérieurement que ce dessert était l'un des meilleurs qu'elle eut goûté dernièrement, même si elle se refusa de le dire à voix haute. Finalement, après un bon quart d'heure de plus, elle put enfin quitter la table.

— Madame Edwige, pourriez-vous me dire qui vous a apporté des prunes d'été pour faire votre tarte ?

— Oh, la tarte, Mademoiselle ? Elle vient de chez monsieur votre voisin, lord Edward. Son domestique a dit que son chien vous avait empêchée de ramasser des fruits ce matin. C'est si bien aimable de sa part de nous avoir fait livrer cette tarte toute faite, n'est-ce pas, Mademoiselle !

— Oui, bien sûr ! Je vais lui faire porter tout de suite un mot de remerciements. Merci à vous et bonne journée, Madame Edwige !

Bien que Violet ressortît des cuisines avec un sourire aimable sur le visage, elle sentit qu'elle avait les joues en feu. Elle essaya de contenir sa colère, mais la rage l'avait déjà envahie.

— *Comment ose-t-il se moquer de moi ? Non, mais ! Il va voir de quel bois je me chauffe...*

Elle remonta dans ses appartements et enfila une tenue d'équitation. Elle en ressortit quelques minutes plus tard et se dirigea d'un pas précipité vers les écuries. C'est avec beaucoup d'impatience qu'elle attendit que le palefrenier lui selle son cheval. Pendant tout ce temps, lady Susan s'entretenait avec Mme Edwige et lui posait la même question que sa fille quant à ladite tarte. Satisfaite par sa réponse, elle repartait dans ses appartements quand elle aperçut sa fille, au travers de la grande baie du salon, monter en amazone et partir au grand galop en direction de la propriété des Somerford. Elle conserva un large sourire aux lèvres lorsqu'elle pénétra dans son bureau.

Violet arriva à peine vingt minutes plus tard chez les Somerford. Elle demanda au majordome, sur un ton d'impatience, si lord Edward était visible. Elle ajouta dans la foulée qu'elle devait à tout prix s'entretenir avec lui rapidement et que cela était une question de vie ou de mort.

Oui, en cet instant, elle aurait bien été capable de tout !

Le serviteur l'informa qu'il était sorti à cheval et était retourné vers le lieu de sa promenade matinale, car c'est là-bas qu'il pensait avoir égaré sa montre, ce matin. Tout en rougissant de l'information qu'elle venait de recevoir, elle remonta sur sa monture et partit aussi vite que sa selle d'amazone le lui permettait. Après une quinzaine de minutes, elle tomba sur l'être tant recherché !

— Vous ! s'exclama-t-elle en le pointant du doigt.

— Ma chère Lady Violet ! Quelle joie de vous revoir si tôt !

— Quelle joie ! s'offusqua-t-elle. La non-joie, voulez-vous dire !

— Tout le plaisir n'en sera alors qu'exclusivement pour moi ! dit-il en la saluant du chef tout en touchant de sa main, avec élégance, son chapeau.

— Vous n'êtes qu'un goujat, Monsieur !

— Je n'en demande pas tant, Milady, s'amusa-t-il à lui rétorquer. Mais nous nous égarons du fait que je vous retrouve ici. Certainement pour me remercier. À tout le moins, je l'espère.

— Vous remercier !

— Oui, Milady ! Pour la tarte aux prunes ! Était-elle à votre goût ?

— Certainement pas, Monsieur ! Me faire livrer une tarte d'un goût douteux tout comme vos plaisanteries d'ailleurs, et attendre que je vous en remercie ! Est-ce là encore une de vos délirantes hâbleries ? Et oser accuser votre chien, Monsieur ! Nous savons tous deux que celui-ci n'a rien à voir avec le fait que je n'ai pu rapporter de fruits ce matin. Ce n'est qu'à cause de vous et de vos manigances, vous le savez fort bien, Monsieur !

Edward descendit de son pur-sang et l'attacha à une grosse branche. Violet en fit tout autant et se retrouva face à l'arrogant personnage. Elle soufflait, haletait, les joues rougies de colère.

— Comment osez-vous vous moquer de moi, sans aucune gêne, Monsieur ? Et me faire croire que votre chien était un loup ! cracha-t-elle en furie prête à batailler.

— Mais c'est un loup, Milady. Dressé, certes ! mais un loup quand même ! exposa-t-il d'une tonalité prétentieuse.

— Vous moqueriez-vous encore de moi, Monsieur ? dit-elle en se rapprochant d'un pas vers lui, la voix vibrante de colère.

— Non, je vous assure, Milady. J'ai appris durant mes études à Eton que le chien descendait du loup. Je n'ai fait que vous relater ce fait et par conséquent, vous ne pouvez m'accuser de vous avoir abusée, voyez-vous ! répondit-il avec une petite révérence.

Il n'en fallut pas plus à Violet pour le *charger* !

Elle s'approcha d'un pas précipité vers lui avant de poser ses deux mains au niveau de son torse et de le pousser farouchement. Certes ! Cela n'avait rien de bien féminin. Mais, hélas ! Edward semblait faire ressortir de la jeune femme, son côté le plus emporté. Surpris par son geste, il eut tout juste le temps de s'agripper aux poignets de Violet, la surprenant totalement. Tout en tombant à la renverse, pour la deuxième fois de sa vie, il emporta avec lui, malgré elle, la jeune femme.

Pour la deuxième fois aussi !

À peine sur le sol, il roula avec elle avant de s'arrêter en l'emprisonnant sous son corps. Il la fixa de son beau regard vert tandis que les prunelles lilas de la jeune femme luisaient de colère. Un fou rire l'attrapa sans qu'il puisse le retenir. Elle chercha comment se dégager de son emprise, mais cette fois-ci, c'est lui qui eut le contrôle.

— Vous me devez des excuses, Monsieur, grogna-t-elle.

— Vous voulez des excuses, Milady ? demanda-t-il d'un ton mutin en la plaquant toujours fermement avec son corps.

— Oui ! J'exige des excuses, souffla-t-elle en se débattant sans succès.

— Très bien ! Alors ceci devrait vous satisfaire...

Elle fut effarée quand il déposa sur sa bouche, un baiser. Elle se tortilla dans tous les sens et chercha à se dégager.

Elle y était presque !

Tout en continuant à lui dispenser cette *troublante* excuse, il roula sur le côté, emportant avec lui dans un tour complet l'être tant désiré. Elle se retrouva de nouveau sous lui, transite de sensations. Il avait toujours sa bouche scellée à la sienne et lui donnait un baiser langoureux.

Auquel elle répondit effrontément !

Il lui caressa la taille, descendit sa main vers sa hanche avant de la remonter sur un sein. Elle laissa échapper un soupir et il relâcha doucement son étreinte. C'est à ce moment-là qu'il ne vit pas le coup venir. Elle le frappa aux côtes d'un coup sec. Il roula sur le côté, *seul*, le souffle coupé.

Encore une fois !

Elle se releva fière d'elle, attrapa les rênes de son cheval et s'en alla en s'esclaffant de sa réussite.

Edward, quant à lui, arriva un peu plus tard dans ses appartements. Il avait mal aux côtes. Seulement, était-ce à cause du coup reçu ou bien du fait qu'il n'avait pu s'empêcher de rire à gorge déployée au doux souvenir de Violet le fuyant ?

Cette dernière, justement, arrivait chez elle, sa tenue d'équitation toute froissée et maculée de souillures de terre.

— Que vous est-il arrivé, ma fille ? demanda lady Susan lorsqu'elle la vit traverser le hall d'entrée d'un pas précipité.

— Oh, ce n'est rien, maman ! Ne vous inquiétez pas. J'ai seulement voulu ramasser des fleurs et j'ai glissé sur le sol. Rien de bien méchant, je vous assure.

— Vous en êtes bien certaine, rétorqua sa mère, tout en ôtant une petite feuille morte et un brin d'herbe de son chignon dont elle trouvait l'apparence quelque peu défaite.

— Oui, mère, répondit-elle en rougissant violemment.

— Bien, ma fille ! Je vous laisse à vos occupations et je retourne donc aux miennes, répondit-elle avec un sourire, satisfaite et persuadée que sa fille, avec ses joues rougies et sa voix haut perchée, avait fait une *bonne* rencontre dans la forêt.

Violet sentant sa mère rassurée par ses propos s'en retourna dans sa chambre. Elle était tout émoustillée de ce baiser échangé avec Edward, même s'il était hors de question de le reconnaître.

N'est-il pas un homme vraiment impossible ?

*« Ma chère amie, si je me trouvais à la place de lady Violet, il va sans dire que, tout en sachant que je me mens, je vous dirais exactement la même chose ! »*

# Chapitre 3



*Orphelinat d'Abingdon, lundi 23 janvier 1899*

Violet avait reçu à la mi-janvier, un courrier de l'orphelinat d'Abingdon en réponse à la lettre qu'elle avait expédiée tandis qu'elle se trouvait encore en France. La révérende mère lui avait fait savoir qu'elle serait très heureuse d'avoir comme bienfaitrice une jeune femme comme Violet. Qui plus est, les enfants n'avaient pas vu de nouveaux visages depuis fort longtemps et depuis plusieurs mois, aucune adoption n'avait eu lieu — les visiteurs se faisant plus rares en période hivernale. Violet n'avait, bien entendu, pas l'intention d'adopter un enfant. D'ailleurs, elle aurait préféré tous les adopter plutôt que d'avoir à choisir l'un d'entre eux comme l'on choisit un petit chiot. Il fut certain que si elle avait pu le faire et en avait eu les moyens, elle l'aurait déjà fait. Bien qu'aisée, sa mère n'était pas pour autant dans l'abondance au point de pouvoir élever une trentaine d'enfants. Mais si Violet pouvait les voir et leur offrir du temps pour les distraire, elle en serait déjà très satisfaite et fort contente. Et justement, ce jour-là, elle l'était, car elle se rendait, accompagnée de sa mère, à l'orphelinat.

— Entrez, je vous prie, répondit sœur Anne en s'effaçant afin de laisser pénétrer dans l'enceinte religieuse, les deux belles dames.

— Merci, ma sœur, répondit lady Susan avec un agréable sourire.

— Veuillez me suivre, Miladies, que je vous conduise à notre révérende mère. Elle attend prestement votre visite.

Lady Susan et sa fille traversèrent un long corridor où le froid emboîta leurs pas. L'orphelinat n'était pas l'un des plus agréables que Violet ait vus. Cela ne lui ferait pas pour autant baisser les bras. S'il lui fallait faire faire des travaux de rénovation, elle s'en occuperait au plus tôt.

— *Comment de petits enfants pouvaient-ils vivre dans un environnement si fade et sans couleur flamboyante ?* songea-t-elle en balayant du regard, l'endroit qu'elle traversait.

Elle avait déjà une multitude d'idées se bousculant dans sa tête et avant même de pénétrer dans le bureau de la mère Constance, elle savait déjà ce qu'elle ferait de ses prochaines journées. Après une discussion intéressante avec cette dernière, lady Susan et sa fille rendirent visite aux enfants en commençant par le dortoir des filles. À peine Violet montra-t-elle le bout de son nez que déjà une ribambelle de fillettes s'accrochait à ses jupons. C'est sans inquiétude pour sa jolie robe qu'elle se baissa jusqu'à s'installer sur le grand tapis de la pièce sombre servant de chambre aux petites filles. Pendant que sa mère continuait de discuter avec la religieuse, Violet entama une histoire qu'elle conta avec entrain. Et à chaque fois qu'elle s'interrompait, c'était pour connaître le prénom de l'une des petites filles afin de l'insérer dans son joli conte. Durant plus d'une vingtaine de minutes, pratiquement une quinzaine de paires d'yeux s'était rivée sur Violet, brillante de mille feux du récit de leur conteuse. Seulement, à peine celle-ci tonna-t-elle le mot *fin* que les fillettes en redemandèrent.

C'est d'une voix un tantinet sévère que la révérende mère mit soudainement fin à leurs réclamations. Violet se releva de son assise, le cœur touché par ces petites âmes. Elle leur donna à toutes un baiser et s'en retourna avec sa mère chez elle, sans avoir oublié de leur promettre de revenir bientôt. Sur le chemin du retour, Violet demanda à sa mère de combien d'argent elle pouvait disposer rapidement. Elle voulait décorer le dortoir des petites filles. Et il y aurait certainement celui des petits garçons à faire. Elles n'avaient pas eu le temps de les rencontrer, mais cela était prévu lors d'une prochaine visite. Lady Susan sourit à sa fille, heureuse de voir que celle-ci avait retrouvé son si beau sourire quelque peu perdu en France. Violet assura à sa mère qu'elle ne lui en voulait plus d'avoir quitté son pays ; l'allégresse qui l'habitait en ce jour valait bien ce prix.


Ce soir-là, tout en remontant son édredon sur son corps, Violet repensa à sa journée. Il lui faudrait prochainement demander l'attention de ses voisins et autres connaissances, afin de récolter assez d'argent pour tous les projets qu'elle avait en tête au sujet de ses petits protégés. Elle s'était retrouvée tant attendrie par ces petites bouilles sur lesquelles quelques dents manquaient, ou bien n'avaient même pas encore vu le jour, qu'elle se sentait heureuse. Si heureuse. Elle aimait les enfants et avait hâte de devenir mère. À cette pensée, un drôle de frisson lui parcourut le corps et l'image d'Edward apparut instantanément dans sa tête. Elle secoua celle-ci comme pour faire disparaître cet homme qui, malgré tout, semblait s'obstiner à marquer son esprit de son image. Elle ferma les yeux le visage fermé.

*« À peine quelques secondes suffirent pour qu'un sourire naisse sur ses lèvres, vous laissant à votre convenance, ma chère amie, imaginer ce qu'il vous plaît… »*

# Chapitre 4



*Long Wittenham, jeudi 2 février 1899*

Ce jour-là, soit un peu plus d'une dizaine de jours après la petite *lutte* ayant eu lieu dans la forêt entre Violet et Edward, lady Shirley et son mari donnèrent une réception chez eux en invitant quelques amis. Lady Susan faisant partie de ces derniers fut conviée de ce fait avec sa fille. Cette dernière se sentit mal au moment de partir pour se rendre chez les Somerford. Elle ne voulait plus revoir Edward.

Il l'agaçait !

Il se moquait d'elle sans cesse !

Quand celui-ci ne prenait pas la permission — seul — de l'embrasser !

Comme si elle l'y autorisait !

Ce n'était qu'un homme mal élevé !

Qui plus est, voilà que cela faisait des jours qu'il corrompait ses cauchemars pour les transformer en d'extraordinaires rêves. Elle l'aurait voulu détestable et odieux, et voilà qu'il se présentait à elle, tendre, merveilleux, doux comme le duvet d'une plume, la caressant et lui dispensant les plus merveilleux baisers qu'elle ne pourrait jamais prétendre recevoir.

— Eton ! Eton ! Il a certainement dû en être renvoyé avant la fin de ses études, marmonna-t-elle à voix basse en sortant de sa chambre. *Pour se conduire comme il le fait, il n'a sûrement pas dû y rester bien longtemps,* continua-t-elle de se dire en silence quand elle aperçut, au fond du couloir, sa mère se dirigeant vers elle.

— Vous me disiez quelque chose, ma fille, demanda celle-ci lorsqu'elle la rejoignit.

— Non ! Pas du tout, maman ! Je pensais à voix haute !

— Vous semblez chiffonnée, mon enfant ? questionna sa mère, tout à coup inquiète, en voyant ses yeux brillants à cause des larmes qu'elle retenait.

— Non, maman. Ne vous inquiétez pas. Mes yeux me piquent à cause de ce nouveau bouquet de fleurs posé dans ma chambre. Je dois y être allergique, répondit-elle en faisant mine de vouloir éternuer.

— Oh, je vais demander à Mme Heaviside de les retirer tout de suite et d'aérer votre chambre, sinon vous ne pourrez pas dormir tranquillement ce soir.

— Merci, maman, répondit Violet en refermant la porte de sa chambre et en suivant docilement sa mère dans le couloir, malgré un petit malaise de lui mentir encore une fois.

Elles arrivèrent une trentaine de minutes plus tard chez le comte et la comtesse de March. Cette dernière était enchantée de pouvoir présenter son amie d'enfance à ses connaissances. Lady Susan fut fortement surprise en voyant se diriger vers elle, une vieille connaissance : Clive Pembroke.

Son amour… de jeunesse !

Il s'approcha de Susan qu'il reconnut instantanément par cette petite coquetterie qu'elle avait dans l'œil droit ; ce petit charme lui avait tant plu dès la première seconde où leurs regards s'étaient croisés qu'il n'aurait jamais pu l'oublier.

— Votre Grâce, reconnaissez-vous mon amie, Lady Susan ? demanda avec un regard mutin lady Shirley.

— Oui ! Comment pourrais-je avoir oublié ses traits si…particuliers ? répondit-il en portant à ses lèvres la main de lady Susan.

Cette dernière, en rougissant fortement au compliment fait, avait instantanément compris que Clive avait récupéré le titre de duc de Bridgewater.

— Votre Grâce, dit-elle en lui présentant une petite révérence. Votre père n'est plus ?

— Non, il n'est plus, répondit-il avec un sourire, sur un ton aussi léger que le sien.

A priori, il y avait sûrement quelques secrets entre ces deux-là…

Il relâcha sa main et porta celle de Violet à ses lèvres.

— Vous êtes aussi belle que votre mère, déclara-t-il, en lançant un regard brillant à lady Susan.

— Je vous remercie, Votre Grâce, répondit timidement Violet d'un petit hochement du chef.

Tandis qu'elle redressait la tête, son regard passa au-dessus de l'épaule du duc et c'est à ce moment-là qu'elle le vit.

Edward était là, bien sûr !

Aurait-elle déjà oublié qu'elle se trouvait chez lui ?

— Edward ! l'interpella lady Shirley. Venez voir qui vient d'arriver ! Lady Violet et Lady Susan sont enfin là !

Edward se dirigea vers lady Susan qu'il salua avant de se positionner devant Violet. Il s'inclina en lui tendant la main, mais elle décida de ne pas bouger tout en le fixant de son regard le plus rebelle. Personne ne s'aperçut de la tension qui les enveloppait. Loin d'être décontenancé par son attitude, Edward lui attrapa la main de force. Ses prunelles pourprines se modifièrent aussitôt. Elles auraient pu le tuer si elles avaient été des armes à feu. Il la regarda avec un sourire arrogant, tandis que Violet cherchait une échappatoire afin de se soustraire à l'indocile personnage. Mais sa mère était déjà en grande conversation avec lady Shirley et le duc, et les autres invités conversaient également entre eux. Edward — toujours le sourire enjôleur — lui présenta finalement son bras.

— Puis-je vous accompagner jusqu'à la table des rafraîchissements, Milady ? proposa-t-il.

— Dieu ! Certainement pas, saperlip ! marmonna-t-elle.

— Je n'ai pas bien compris votre réponse, ma chère, insista-t-il à voix haute, surpris en secret de l'entendre jurer.

Violet s'aperçut que certains invités avaient les yeux rivés sur eux, au vu du timbre de voix employé par Edward. C'est avec un sourire forcé qu'elle acquiesça à sa demande.

*« J'espère ne pas vous offusquer, ma chère amie, en vous apportant la précision, que lady Violet était à quelques mois de ses vingt-sept ans tandis que lord Edward venait d'avoir trente ans. Et à ces âges, on ne jouait plus au chat et à la souris comme des enfants ! Sauf qu'eux semblaient s'en soucier fort peu... »*

Edward conduisit Violet jusqu'à une table où un serviteur lui servit une coupe remplie de champagne, comme elle venait de le lui demander. Edward se saisit également d'une coupe et la présenta à Violet.

— À votre santé, Milady !

Elle le fixa et leva brièvement sa coupe en réponse à son geste. La colère lui fit ingurgiter d'une traite le breuvage doré. Il la fixa d'un regard étonné avant d'avaler lui aussi son champagne de la même manière.

La défiait-il ?

Violet demanda une nouvelle coupe au domestique et traita celle-ci de la même façon que la première. Edward en fit tout autant. Tout à fait sûre d'elle, elle se saisit d'une troisième coupe. Edward, qui n'avait pas l'habitude de s'enivrer et qui ressentait déjà quelques effets de cet alcool, estima que cela faisait beaucoup pour une jeune femme. D'autant que celle-ci n'avait pas encore dîné ! Il lui retira la coupe des mains et elle s'apprêtait, dès lors, à lui répondre, le regard foudroyant. Au même moment, le majordome annonça que le repas était servi, laissant de ce fait Violet silencieuse. Edward se tourna vers elle, le regard brillant.

— Arrêtons, voulez-vous bien, Milady ? dit-il tout bas.

— Arrêtons quoi, Monsieur ? rétorqua-t-elle, les dents serrées.

— De nous chamailler…

Avec un sourire quelque peu timide, il lui présenta son bras sur lequel, en hésitant, elle déposa sa main. Il l'accompagna jusqu'à la salle de réception et recula une chaise de la grande table pour que la jeune femme s'y assoie. Il remarqua que plusieurs autres invités étaient déjà installés autour de celle-ci. Il allait se placer au côté de Violet quand son majordome s'adressa à lui, l'obligeant, de ce fait, à se détourner d'elle.

— My Lord. Je viens de trouver votre montre sur le petit guéridon de l'entrée. Je voulais tout simplement vous la remettre, My Lord.

Edward, étonné, se saisit de celle-ci. Il la retourna pour s'assurer que c'était bien la sienne, en vérifiant les initiales gravées dessus, avant de la remettre dans la poche de son costume, tout en remerciant d'un même temps son majordome. Avec un sourire sur sa jolie bouche, il se détourna de ce dernier pour s'installer à table, comme il l'avait prévu, en s'assoyant sur la chaise mitoyenne à celle de Violet.

Saperlotte ! Quelqu'un s'était déjà assis à la place qu'il convoitait. C'était le duc, et celui-ci ne discutait même pas avec elle ! Il était tourné de l'autre côté et semblait subjugué par lady Susan. Ce qui fit rentrer Edward dans une grande frustration. Il s'était préparé toute la journée pour cette soirée. C'est avec une grimace sur le visage qu'il s'installa à son tour autour de la table. Certes ! Violet n'était qu'à cinq places de lui et la table était ovale ! Malheureusement, il ne pourrait pas converser avec elle, même s'il la voyait de trois quarts. Il pencha légèrement la tête pour regarder Violet. Elle avait déjà les joues toutes rougies d'avoir entendu l'échange qui venait d'avoir lieu entre Edward et son majordome. Bien évidemment, c'était elle qui avait délaissé discrètement la montre d'Edward sur le guéridon... Au moment même où elle croisa son regard, ses joues la brûlèrent encore plus qu'auparavant. Surprise, elle se reprit et poursuivit la conversation qu'elle avait avec le vieux lord Stanton assis à sa droite. Tout le long du repas, elle essaya de montrer à Edward qu'elle était fortement intéressée par cette conversation et que son absence à lui ne la gênait nullement.

Toutefois, le repas fut long.

Extrêmement long, même !

Et le très vieux gentleman semblait vouloir lui raconter toute sa vie passée !

Son enthousiasme à vouloir contrarier Edward fondait comme neige au soleil. Ce dernier la fixa une énième fois et fit mine de loucher. Ce qui fit sourire Violet qui essayait en vain de ne pas rire à ses simagrées depuis un moment. Mais les deux coupes de champagne eurent raison d'elle. Et le verre de vin qu'elle avait bu pendant le repas lui embrumait maintenant la tête. Elle se sentait légèrement enivrée.

D'ailleurs, Edward aussi !

Il se passa encore dix minutes avant que Violet ne quitte la table pour se rendre dans la petite pièce des commodités. Et tout comme la première fois, elle s'égara dans la vaste demeure des Somerford. Edward s'absenta de la table, à peine cinq minutes après elle. Se doutant du lieu où elle s'était rendue, il s'y rendit également. Mais il fit chou blanc, car Violet ne s'y trouvait déjà plus. Loin d'être déconcerté par cette découverte, il se remit immédiatement à sa recherche… Violet, quant à elle, avait suivi un long corridor au bout duquel ne se trouvait pas le petit couloir bleu qu'elle avait supposé pouvoir rejoindre, afin de se rendre à nouveau dans la salle de réception. Et c'est à cet endroit précis qu'Edward la retrouva.

Et qu'il la surprît, encore une fois !

En fin de compte, elle se trouvait dans le couloir qui menait à l'office et ne se trouvait pas très loin de l'endroit recherché. Mais le couloir était plongé dans une semi-obscurité et Violet hésita à retourner sur ses pas lorsqu'elle s'en rendit finalement compte. Néanmoins, elle fit un demi-tour sur elle-même et se retrouva nez à nez avec Edward dont elle ne vit que la découpe de sa silhouette dans la petite obscurité.

— Que faites-vous ici ? demanda-t-il, un peu bourru, sûrement dû aux deux verres de vin qu'il avait bu à table.

Ayant elle aussi les oreilles un peu bourdonnantes à cause de l'alcool, elle ne reconnut pas la voix d'Edward. C'est pourquoi, de peur d'être prise pour une voleuse, elle prit son plus bel accent français, comme elle avait eu l'habitude de le faire à chaque fois qu'elle s'était fait surprendre fouinant quelque part.

— Absolument rien, Monsieur ! Je me suis égarée.

L'intonation qu'elle venait de prendre rappela à Edward, sans l'ombre d'un doute, la réponse identique que lui avait faite la soi-disant mademoiselle de Laroche le jour où il l'avait rencontrée avant de la perdre aussitôt. Soupçonneux, il plissa les yeux et s'avança vers elle. Un rai de lumière traversant une petite lucarne s'abattit sur le visage d'Edward. Violet se sentit tout à coup encore plus mal à l'aise en reconnaissant *l'individu*.

— Voulez-vous bien me répéter cette phrase, Milady ? demanda-t-il en articulant chaque mot.

— Non ! répondit-elle spontanément.

— Non ?

— Non ! insista-t-elle.

— En êtes-vous certaine, Milady ?

— Tout à fait certaine, Monsieur ! Non, veut dire non ! rétorqua-t-elle d'un air effronté.

— Quelle insolente faites-vous là ! Je crois bien qu'une telle impolitesse mérite une punition !

— Une punition ? Pourquoi ? Pour ne pas acquiescer à votre demande ! Fi !

— Oui, cela est une très bonne excuse, Milady…

Elle recula soudain dans le couloir tandis qu'il continuait d'avancer vers elle. Arrivés presque au bout de celui-ci, tous deux entendirent des voix de serviteurs.

— Mince ! s'exclama à voix basse Violet.

— Mince ? rétorqua Edward, les yeux interrogateurs.

— Oui ! Mince ! Si l'on me trouve seule avec vous…, dit-elle sans terminer sa phrase en secouant sa tête d'un côté puis de l'autre.

Avec une soudaineté incroyable, tout alla très vite. Edward attrapa la main de Violet et tourna la poignée d'une petite porte dérobée qui se trouvait dans le mur du corridor. Celle-ci s'ouvrit sur une petite pièce certainement peu utilisée au vu de la poussière qui se trouvait sur les meubles et les étagères. Malgré le grincement des gonds quand il referma la porte, personne ne vint l'ouvrir derrière eux. Après une bonne et longue minute, il se retourna sur la femme lui faisant front. Une lumière solaire traversait une petite lucarne, donnant un côté miel à sa chevelure dont il avait bien l'envie de défaire le chignon bouclé.

— Que faisons-nous maintenant, Monsieur ? interrogea-t-elle en pensant qu'il avait certainement une solution pour retourner dans la grande salle sans se faire remarquer par le personnel de maison.

— Maintenant ? Eh bien…, maintenant, je me propose de vous dispenser votre punition, Milady !

— Ma punition ? C'est une plaisanterie !

— Non ! Je ne plaisante jamais !

— Jamais ? répéta-t-elle.

— Jamais !

— Que votre vie doit être ennuyeuse, Monsieur.

— Elle l'était jusqu'à ce que vous apparaissiez !

— Hmm...

— Quoi ? Hmm !

— Je me disais que cela doit être triste de ne jamais rire ou plaisanter.

— Auriez-vous de la sollicitude pour moi, Milady ?

— Non ! Bien sûr que non ! s'exclama-t-elle, tout à coup. Quel goujat emmènerait une femme dans une pièce donnant je ne sais où ? poursuivit-elle en regardant autour d'elle afin de trouver un moyen de lui échapper.

Il la gratifia d'un sourire à faire damner un saint avant d'exploser dans un fou rire qu'il ne put retenir. Il était tellement heureux qu'il avait l'impression que dix années de frustrations retenues s'échappaient de son corps.

Maintenant, il en était sûr !

C'était bien la soi-disant mademoiselle de Laroche qu'il avait enfin devant les yeux. Cette femme lui avait fait tourner la tête et l'avait rendu fou durant toutes ces années lorsqu'il s'était rendu compte qu'il ne la retrouverait jamais.

Vexée, et se méprenant sur les raisons de son fou rire, Violet se recula et croisa ses bras sous sa poitrine en attendant qu'Edward veuille bien s'arrêter de ricaner.

— Voilà, je pense qu'il suffit, maintenant ! Avez-vous fini de vous moquer de moi, Monsieur ?

Edward s'arrêta de rire subitement.

— Jamais je ne me moquerai de vous, Milady ! Veuillez m'excuser ! Je ne sais ce qu'il m'a pris, mentit-il.

— Bien ! Alors au revoir, Monsieur !

Elle passa devant lui et tenta d'ouvrir la porte. Mais celle-ci resta close. Elle tira de nouveau sur le petit pommeau qu'elle prit à pleine main. Mais, à nouveau, rien ne se passa. Elle fit un demi-tour sur elle-même, le regard ahuri.

— Je ne peux le croire, Monsieur ! Vous nous avez enfermés à l'intérieur !

En guise de réponse, il lui montra la petite clé qu'il tenait entre le pouce et l'index. Folle de rage, elle s'avança pour se jeter sur lui et lui prendre la clé qu'il lui montrait toujours.

— Non, Milady ! l'arrêta-t-il en lui présentant la paume de son autre main. Votre punition n'a pas encore eu lieu...

— Non, mais, dites-moi que je rêve !

— Je n'en attendais pas tant ! Je vous remercie du compliment !

— Ce n'en était pas un !

Cette femme le grisait autant que l'alcool qu'il avait bu une heure plus tôt.

Et il la trouvait si belle en colère !

Il la fixa de son beau regard vert, si clair que celui-ci en était envoûtant. Ils restèrent ainsi de longues secondes avant qu'Edward ne délaisse ces belles prunelles parme pour diriger son regard vers cette bouche pulpeuse qui le tentait grandement. Finalement, il plissa les yeux en convoitant son cou. Celui-ci était guindé dans un col boutonné jusqu'en haut.

— Dix boutons !

— Dix, quoi ? s'écria-t-elle.

— Dix boutons ! C'est votre punition, Milady.

— Et que voulez-vous que je fasse avec dix boutons ? Ma robe en contient déjà bien assez comme cela !

— Je suis bien d'accord avec vous, Milady, rétorqua-t-il en la dévisageant de haut en bas.

Le regard dans l'incompréhension, elle attendit une explication, grisée elle aussi d'une certaine manière par l'alcool et la situation dans laquelle elle s'était encore fourrée.

— Soyez plus clair, Monsieur ! dit-elle, le regard brillant.

— Je veux, Milady, que vous détachiez dix boutons de votre col.

— Dix ! Êtes-vous devenu fou, Monsieur ?

— Oui, je dois dire que vous faites tout pour cela ! Dix !

— Non ! Pas un seul !

— Je ne vous donne pas le choix, c'est une punition. Dix !

— Comment osez-vous, Monsieur !

Il esquissa un sourire.

— J'ose, je l'avoue. Dix !

— Un !

— Dix !

— Deux !

Elle perdait indéniablement du terrain !

Ou bien, était-ce volontaire ?

— Dix !

— Trois !

— Petite joueuse…, souffla-t-il.

Ils se dévisagèrent un long instant avant qu'Edward ne s'approche plus près de Violet. Elle ne bougea plus quand il se pencha vers elle pour lui murmurer à l'oreille ces mots :

— Dix ! Et pas un de moins, sinon je me ferais un plaisir de les défaire moi-même…

Il se replaça devant elle le regard empli d'envies tandis que Violet, prise de frissons dans tout le corps, préféra capituler pour une raison qu'elle seule devait connaître. Elle s'exécuta les mains tremblantes. La lenteur qu'elle y mettait sans faire exprès troubla Edward au plus haut point. Au bout du sixième, elle s'arrêta.

— Voilà, dix !

— Petite menteuse ! Vous n'en êtes qu'à six ! Dois-je défaire le reste moi-même, Milady ? dit-il en approchant *dangereusement* ses mains de son cou.

— Non, va pour dix ! s'exclama-t-elle en reculant d'un tout petit pas.

Elle avait à peine terminé sa tâche qu'il avait déjà rapproché ses mains du col déboutonné.

— Seigneur ! Vous êtes magnifique, s'entendit-il lui dire avant de se pencher pour l'embrasser.

Elle posa ses mains sur son torse afin de le repousser, mais à peine ses lèvres effleurèrent-elles les siennes, qu'elle se sentit fondre en le laissant s'immiscer plus profondément dans son baiser. Violet se sentit flotter au-dessus du sol, emportée par une vague de sensations lorsqu'il força la barrière de ses dents avec sa langue. Edward, tout aussi troublé qu'elle, quitta ensuite ses lèvres pour explorer son cou et poursuivit sa descente jusqu'au renflement de ses seins ne demandant qu'à se sauver de son corsage trop étroit. Après avoir déposé une myriade de baisers faisant rougir la gorge de Violet, il reprit sa bouche tendrement tout en portant ses mains sur la taille de la jeune femme. Il descendit celles-ci jusqu'à son postérieur, la pressant contre sa virilité. Il remonta ses mains le long de sa colonne vertébrale dans des caresses sensuelles, s'amusant pour son plus grand plaisir à dessiner des arabesques sur le tissu soyeux de sa robe. Il se recula quelque peu et elle s'accrocha à lui pour se coller plus près.

Edward la reprit contre lui et elle se laissa embrasser de nouveau dans le cou, sur la gorge, sur…

Il fit glisser à nouveau ses mains sur sa taille et releva doucement le tissu de ses jupons. Il posa ses mains sur son fessier qu'il caressa charnellement. Violet se sentit transportée dans un autre monde. Edward se sentit aussi transporté dans une autre réalité ayant peine à contenir les émotions que la jeune femme faisait naître en lui. Pensant tout à coup qu'il y avait bien trop de monde dans les pièces voisines et qu'il ne pouvait la compromettre même s'il en mourait d'envie, c'est avec regrets qu'il laissa retomber dans un bruissement soyeux les jupons de Violet. Il remonta ses mains d'abord l'une sur un sein avant de remonter les deux jusqu'au cou de la jeune femme. Enivré par son parfum, il reprit sa bouche dans un baiser gourmand. Il se détacha d'elle délicatement et entreprit de lui reboutonner sa robe. Complètement bouleversée par ces sensations nouvelles malgré ses vingt-six ans, Violet ne disait toujours pas un mot. Edward termina de rattacher le dernier bouton et déposa de nouveau ses lèvres tendrement sur sa bouche avant de s'y immiscer de nouveau. Soudain, elle sentit un métal chaud sur sa langue. Il se détacha d'elle délicatement tout en lui faisant une petite révérence de la tête.

— Vous voilà libre, Milady…

C'est totalement étourdi et avec le visage rougi d'émotions que Violet retirât de sa bouche la petite clé en cuivre. Elle se dirigea ensuite vers la porte qu'elle ouvrit avant d'en traverser le seuil. Elle se retourna et gratifia Edward d'un superbe sourire. Soudain, ses yeux brillaient encore plus, si tant est que cela soit possible. Elle claqua la porte et tourna deux tours de clé avant qu'Edward n'eût le temps de l'atteindre.

— Maudite soit-elle ! grogna-t-il tout en cognant fortement du poing sur la porte.

C'est à ce moment-là qu'il entendit longuement son rire cristallin résonner dans le long corridor.

Edward était retourné dans la salle de réception après quinze bonnes minutes. Les cinq premières étaient le temps nécessaire qu'il lui avait fallu attendre pour qu'un serviteur emprunte le couloir et l'entende manquer de défoncer la petite porte. Les dix autres, à ce que son entrejambe, qui lui déchirait les entrailles, se calme. Lorsqu'il s'attabla à nouveau, Violet le gratifia d'un sourire et porta un toast en lui présentant son verre. Rempli d'eau cette fois-ci ! Elle avait décidément trop bu pour ce soir… Envahie d'émotions, elle reposa son verre devant son assiette, l'esprit encore confus par un imbroglio d'images d'Edward s'emparant de ses lèvres, réveillant à nouveau la ribambelle de papillons qu'elle avait depuis dans le ventre. C'est pourquoi elle ne remarqua pas sa mère installée à deux places d'elle…

Lady Susan avait les yeux brillants de par sa discussion avec le duc. Lui-même semblait également envouté par la *Dame*. Cela devait vraiment être difficile pour eux deux de se retrouver après presque vingt-huit ans de séparations.

Dans leur jeunesse, Clive était tombé follement amoureux de Susan et elle-même avait nourri autant de sentiments envers lui. Mais une décision parentale avait transformé leur histoire d'amour en un amour impossible. C'était feu le père de Clive, le duc de Bridgewater — Clive Pembroke n'étant à cette époque que le marquis de Lansdowne — qui avait exigé leur séparation immédiate. Il ne pouvait supporter que son fils se lie à une personne n'appartenant pas aux plus hautes sphères aristocratiques comme les Pembroke. Il n'était donc pas question qu'un scandale vienne éclabousser des décennies de droiture faisant la réputation de la famille Pembroke et de ses ancêtres. Qui plus est, lorsque Clive était tombé sous le charme de Susan, il était déjà lié à Amélia — une lady qui à peine née lui avait été promise. Pourtant, Susan n'en avait rien su durant toute leur idylle. Alors, inquiète de se voir séparée de Clive, elle s'était tournée vers ce dernier pour contrer le duc. Malheureusement pour elle, Clive n'avait pas su vaincre les exigences paternelles.

Le père de Clive, afin d'être certain d'obtenir ce qu'il exigeait et d'être sûr qu'il n'y aurait pas de retombées ultérieures sur cette honteuse liaison, avait rappelé au père de Susan, au travers d'un pli cinglant, qu'il faisait partie de la chambre du Parlement en tant que Premier ministre. C'est donc armé de tout ce pouvoir, ministériel et ducal, qu'il fît pression sur le père de Susan en le menaçant de lui faire perdre son travail s'il n'éloignait pas sa fille de son fils. Sous une telle contrainte, c'est résigné que Mr. Foster ne laissa aucun choix à sa fille et décida pour elle, car il ne pouvait se permettre de n'avoir pas de rentrées d'argent — ayant une femme et un jeune fils à nourrir en plus de Susan. Mr. Foster avait donc recherché rapidement un homme de sa caste et c'est comme cela qu'il avait offert la main de sa fille à Mr. Templeton. Et en moins de temps qu'il n'en faut pour le dire, Susan avait été jetée dans les liens du mariage et avait quitté l'Angleterre pour aller vivre en France avec son mari comme cela avait été exigé par les deux familles — les Pembroke et les Forster.

Le cœur meurtri, Clive s'était résigné à prendre pour épouse, lady Amélia, qu'il n'avait jamais réussi à aimer au-delà des apparences. Malgré un mariage fort beau ainsi qu'une nouvelle marquise de Lansdowne agréable à regarder, Clive n'en avait pas été moins malheureux. Il avait continué de vivre aux côtés de sa femme laquelle était morte en couche sans avoir pu connaître la sensation d'être aimée une seule fois dans sa vie par son mari.

Susan, quant à elle, avait été la plus forte et avait dû sacrifier leur histoire d'amour en épousant Mr. Templeton, même si ce n'était pas son enfant qu'elle portait en elle…

Heureusement pour Susan, Mr. Templeton l'avait tout de suite aimée. Il avait été gentil, tendre et attentionné envers elle jusqu'à son dernier souffle. Pour cela, elle remercierait toujours le Seigneur. Et elle n'oublierait jamais qu'il avait accepté Violet comme sa propre fille, même si cette dernière n'avait jamais rien su des liens sanguins qu'ils n'auraient jamais. Tout comme Clive, d'ailleurs, qui n'avait jamais rien su de l'état dans lequel se trouvait Susan lorsqu'ils s'étaient séparés. Enfin, chacun avait sa croix à porter.

Malgré cette évidence, celle de Susan semblait relativement lourde…

La réception des Somerford se termina agréablement. Seulement, Violet — qui commençait à dégriser — se sentit gênée au moment même où Edward attrapa sa main et la porta à ses lèvres pour la saluer. Il y déposa un tendre baiser et s'attarda dessus, plus que la bienséance ne l'y autorisait. C'est toute rougissante qu'elle le salua avant de tourner les talons. Lady Susan était repartie avec sa fille de chez ses amis, le cœur joyeux, et c'était dans le même état d'esprit qu'elle s'était couchée.

Ce qui ne fut pas le cas de Violet ; elle se coucha l'esprit contrarié.

Était-ce à cause de l'attitude d'Edward de l'embrasser à tout-va ou bien était-ce parce qu'elle avait aimé qu'il l'embrasse et qu'il la caresse ?

Elle s'endormit sans avoir trouvé réponse à sa pensée…

*« Bien que je sois certaine, ma chère amie, qu'elle avait quelque part dans sa tête, la réponse à cette délicieuse réflexion… »*

# Chapitre 5

*Orphelinat d'Abingdon, mercredi 8 février 1899*

Violet avait réussi, lors de la dernière réception qui s'était déroulée chez les Somerford, à glisser à certains invités son souhait de rénover quelques pièces de l'orphelinat, ainsi que d'acheter des vêtements et autres nécessités pour les enfants. Lord Pembroke avait été le premier à réagir. Elle avait reçu ce matin même, un feuillet mentionnant un montant si important qu'elle en avait eu la tête qui lui avait tourné fortement. Dix minutes plus tard après avoir pris connaissance de ce billet, elle se sentait toujours troublée. Et voilà qu'à peine une heure écoulée après ce joyeux chamboulement, un serviteur des Somerford était arrivé avec en main un don exceptionnel signé de la main du comte de March — le père d'Edward. Un petit pincement au cœur lui survint lorsqu'elle repensa au fils des Somerford. Elle ne lui avait fait part d'aucune information concernant l'orphelinat.

Pourquoi, d'ailleurs, l'aurait-elle fait ?

Il l'agaçait déjà assez comme cela. Alors, si en plus, il venait mettre son nez dans ses affaires, ce ne pourrait être que pis entre eux !

Qui plus est, si elle le lui avait demandé, lui aurait-il fait un don ?

— *Aimait-il les enfants ? Serait-il un bon père ?*

Elle secoua la tête comme pour chasser ces ennuyeuses pensées qui la troublèrent énormément. C'est avec les joues fortement rougies qu'elle s'en alla rejoindre sa mère afin de lui annoncer cette bonne nouvelle.

— Maman ! Regardez ce que nous avons encore reçu.

— Faites-moi voir ceci, ma fille ! s'exclama d'une joie contagieuse lady Susan.

— Après le duc, il y a le comte de March ! Regardez, maman, ce montant ! C'est merveilleux !

— Seigneur !

— Voulez-vous bien que nous nous rendions à l'orphelinat juste après le déjeuner ?

— Bien sûr, ma fille !

Lady Susan était comblée par ses amis et son tendre amour de jeunesse. Elle ne regrettait en rien son départ de la France et dès lors qu'elle avait revu Clive, son cœur battait comme elle n'aurait jamais cru le sentir bondir à nouveau dans sa poitrine. Qui plus est, de voir Violet si gaie et si heureuse, la ravissait au plus haut point.


Elles arrivèrent toutes deux à l'orphelinat en début d'après-midi. La révérende mère les reçut et les emmena dans le dortoir des garçons. Violet prit autant de temps avec eux qu'elle en avait pris avec les petites filles. Elle s'amusa d'une même joie avec tous. Chaque garçonnet, après lui avoir fait connaître son prénom lui montrait ce qu'il savait faire de mieux — heureux d'une telle attention par une si gentille et si jolie dame. Après une bonne heure passée auprès d'eux, Violet qui terminait toujours ses visites par un conte, afin de laisser les enfants dans une joie calme, arriva à la fin de son histoire. À cause de son départ imminent, toutes ces petites frimousses commençaient déjà à laisser entrevoir de la tristesse sur leurs petits visages. Violet leur promit aussitôt de revenir bientôt, ce qui permit à sœur Thérèse qui se trouvait à ses côtés de les ramener calmement dans leurs chambres. Violet ressortit les larmes aux yeux avant de se ressaisir en pénétrant dans la grande salle où les fillettes l'attendaient sagement. À tout le moins, tant que celles-ci n'avaient pas revu Violet, car à son entrée, elles se jetèrent sur elle et lui donnèrent des baisers bien baveux. Violet, avec un fou rire contagieux, s'amusa avec elles pendant que lady Susan, qui avait demandé un entretien privé à la révérende mère, fut enfin reçue par celle-ci. Lady Susan prit place aussitôt sur la chaise libre faisant front au bureau de la religieuse, tandis que cette dernière s'excusait d'avoir dû répondre urgemment à un courrier fort désagréable avant de la recevoir.

— Ma Mère, regardez ce que je vous ramène. Ma fille a fait le nécessaire et ce ne sont que les deux premiers généreux donateurs ! s'exclama lady Susan en remettant les dons de ses amis dans les mains noueuses de la religieuse.

— Oh, ma fille ! Quelle somme ! C'est bien gentil de la part de lady Violet de faire en sorte que ces pauvres petits ne meurent pas de faim. Nous avons si peu de donateurs…

— Et ce n'est que le début, ma mère ! Ne vous inquiétez pas, il y en aura d'autres, croyez-moi !

— Je veux bien le croire, acquiesça la religieuse. Mais déjà avec cette somme, nous allons pouvoir habiller plus chaudement les enfants et leur mettre une soupe bien épaisse chaque jour dans leurs assiettes ! Merci ! Merci, ma fille ! poursuivit-elle tout heureuse pour son hospice.

Elles ressortirent toutes deux du bureau et retrouvèrent Violet entourée par tous les enfants. Celle-ci avait demandé à sœur Thérèse qui s'occupait des garçons, si elle voulait bien les amener afin de chanter tous ensemble. Elle se sentait si heureuse que son cœur débordait de joie. Tous ces petits chérubins étaient en train de taper dans leurs mains sur le rythme d'une comptine que leur chantait Violet. Lady Susan, le regard brillant, observa sa fille.

— *Oui, elle fera indéniablement une mère formidable*, songea-t-elle.

Elle en était convaincue !

Ce dont elle était incertaine, c'est que Violet finisse par accepter la main d'un jeune homme. Lady Susan avait bien une idée derrière la tête avec le fils de son amie.

— *Est-ce qu'Edward pourrait être l'homme idéal pour mon indocile de fille ?* continua-t-elle de penser avec un sourire aux lèvres. *Il est charmant, certes ! et ne manque pas de beauté. Fort instruit et agréable dans ses conversations, ferait-il véritablement un bon mari ainsi qu'un bon père ?*

*« Je vous dirai tout simplement, ma chère amie, que seul le temps répondra à cette délicate question… »*

## *Chapitre 6*

*Little Wittenham, lundi 13 février 1899*

Depuis plusieurs jours, Violet trouvait que sa mère semblait agitée, l'esprit en plein émoi. Elle décida, lors du thé qu'elles étaient en train de prendre, de lui en toucher deux mots.

— Maman, puis-je me permettre de vous poser une question ?

— Oui, bien sûr, ma fille, rétorqua sa mère en toussotant.

— Eh bien ! Depuis que nous nous sommes rendues à la réception des Somerford, vous semblez troublée.

— Mais pas du tout, ma fille ! se défendit-elle tout à coup.

— Oh, c'est juste une simple remarque, maman ! Ce que je voulais dire, c'est que dès l'instant où vous avez vu le duc de Bridgewater et marquis *tralala*, vous sembliez ailleurs égarée dans vos pensées.

— Oh, ce n'est qu'une vieille connaissance retrouvée et c'est pour cela que je me suis sentie surprise. Et il est le marquis de Lansdowne, rectifia-t-elle fièrement.

— Maman, veuillez m'excuser, mais ce n'est pas l'impression que vous m'avez donnée et que vous me donnez, par ailleurs, ici et maintenant ! Vous aviez le regard brillant durant toute la soirée. Je vois bien que cela vous fait encore quelque chose, rien que le fait d'en discuter.

— Mais qu'allez-vous imaginer, mon enfant ?

— Absolument rien, maman, si vous me dites la vérité !

— Eh bien…, comment vous dire ? Clive Pembroke était un amour de jeunesse. Voilà, ma fille, vous savez tout ! répondit lady Susan en portant la tasse de thé à sa bouche, dans laquelle elle trempa seulement ses lèvres brièvement.

— Mais c'est merveilleux, maman ! Papa n'est plus avec nous depuis tant d'années ! Et le duc est veuf, n'est-ce pas ! Personne ne vous en voudra si vous tombiez à nouveau amoureuse ! Moi la première !

— Mais que dites-vous là, ma fille ? Je suis une veuve des plus respectables ! Cela ne se peut, je…

— J'espère que vous plaisantez, Maman ! s'exclama Violet, sans lui laisser le temps de terminer sa phrase. Vous avez le droit au bonheur, vous êtes encore si jeune, maman !

— Ma fille, je préfèrerais ne pas aborder ce sujet avec vous, si vous le voulez bien !

— D'accord ! Mais, si le cœur vous en dit, sachez que je serai la plus heureuse de vous revoir comme vous étiez à cette réception, répondit Violet en se saisissant de sa tasse de thé qu'elle porta à ses lèvres.

Par-dessus sa tasse, elle fixa d'un regard espiègle sa mère qui rougissait de nouveau. Leur petite causerie fut interrompue quand leur majordome entra dans la pièce. Il annonça à lady Susan que deux visiteuses se trouvaient dans le hall d'entrée avant de lui tendre un petit plateau en argent sur lequel était déposée une carte de visite.



Bien que le pouls de lady Susan s'affolât, elle chercha à rester calme et à ne rien laisser transparaître de son état à sa fille.

— Faites entrer ces dames, je vous prie, Albert, demanda-t-elle à son serviteur sur un ton haut perché.

Le temps que les deux dames arrivent, lady Susan intima à sa fille une mise en garde sur cette visite impromptue.

— Surtout, Violet, restez aimable devant lady Marjorie ! Je vous expliquerai, plus tard, pourquoi.

Albert ouvrit de nouveau la porte du salon ne laissant pas à Violet le temps d'interroger sa mère. Il s'effaça pour laisser passer lady Marjorie et la jeune fille qui l'accompagnait trois pas derrière elle.

— Ma chère, vous voilà donc de retour ! On ne m'avait pas menti ! s'exclama la comtesse avec de grands mouvements de bras en s'approchant d'un pas pédant vers lady Susan.

— Oui, me voilà de retour, Votre Grandeur, comme on vous l'a fait savoir.

— Oh, je vous en prie, Susan ! Pas de chichi entre nous ! Je vous rappelle que nous avons grandi ensemble, même si nous avons eu quelques petites querelles de jeunesse ! répondit lady Marjorie en s'écoutant parler.

— Oui, certes ! répondit lady Susan, la bouche légèrement pincée.

Ce qui surprit Violet. C'était la première fois qu'elle voyait cette expression sur le visage de sa mère. Afin de dissiper le malaise qui venait de s'installer entre les deux femmes, Violet toussota, mais sa mère resta sans voix. La comtesse attendit qu'elle lui présente sa fille en premier, mais lady Susan semblait paralysée et ne bougeait toujours pas. Elle décida qu'elle passerait outre ces règles de bienséance, car elle avait hâte d'en savoir un peu plus sur la fille de Susan.

— Bon ! Eh bien ! Je vais donc faire les présentations ! s'exclama lady Marjorie. Voici donc ma fille, Lady Lavinia !

Le timbre de voix de cette dernière, si aigu, fit légèrement sursauter lady Susan, la faisant ressortir de sa torpeur.

— Je suis... enchantée de faire votre connaissance, Lady Lavinia, répondit d'une manière tonale et peu enthousiaste la mère de Violet, tout en essayant de se ressaisir.

Violet la salua du chef et la jeune fille leur présenta à toutes deux, sous l'œil vif de sa mère, une révérence courtoise en rougissant fortement lorsqu'elle releva la tête. Ce qui étonna Violet. Mais cette dernière n'eut pas le temps de méditer sur sa propre réflexion.

— Marjorie, voici Violet, prononça doucement lady Susan avant de se reprendre. Ma fille, lady Violet ! s'exclama-t-elle tout à coup, comme si celle-ci était en train d'affronter une épreuve difficile.

Ce qui en réalité était bien le cas, car lady Susan et lady Marjorie avaient partagé plus que quelques petites querelles de jeunesse. Elles s'étaient connues en pensionnat avec également lady Shirley qui était un peu plus âgée qu'elles. Autant Susan était liée par une amitié intime à Shirley, autant toutes deux détestaient Marjorie. Il faut dire qu'elle leur en avait fait voir de toutes les couleurs durant toutes ces années. Shirley avait fini par quitter le pensionnat, et ce, avant Susan. Pendant encore presque deux années, Susan avait dû supporter toute seule les méchancetés de Marjorie. Malgré tout, Shirley avait continué d'écrire à son amie Susan même si elle se trouvait déjà enceinte de son époux, lord Somerford, avec lequel elle avait batifolé à peine quelques mois avant de lui dire « oui » devant l'autel. Finalement, Susan et Marjorie avaient terminé elles aussi leurs années de pensionnat. Susan, enfin soulagée, n'avait eu plus rien à craindre de Marjorie.

Sauf que…

Il leur avait fallu tomber toutes les deux amoureuses du même homme : Clive Pembroke !

Malheureusement pour Marjorie, le marquis de Lansdowne avait jeté son dévolu sur Susan. Ce qu'elle n'avait jamais réussi à pardonner à sa rivale. Aussi, cette visite semblait être des plus déplacées. Et comme il se pouvait que lady Marjorie soit au courant de la grossesse de lady Susan avant son mariage avec Mr. Templeton, cette dernière ne préférait pas la provoquer.

Surtout, en ayant sa fille juste à ses côtés !

— Violet ! Tiens, tiens ! Quel surprenant prénom ! s'exclama lady Marjorie. Surtout si l'on sait qui aimait tant cette couleur…, laissa-t-elle sous-entendre.

— C'est mon défunt époux qui l'a prénommée ainsi, l'informa aussitôt lady Susan, comme pour se justifier.

Puis, afin de couper court à toutes autres informations délicates que cette visiteuse pourrait bien laisser échapper, lady Susan les informa qu'elle n'avait pas le temps de les recevoir plus longuement pour prendre un thé avec elles puisque sa fille et elle-même devaient se préparer pour un concerto donné chez la vicomtesse Darcy.

— Mais nous pourrions remettre cela à plus tard, n'est-ce pas, Marjorie ? proposa-t-elle, sans avoir vraiment de réelles intentions de le faire.

— Oui, bien sûr, ma chère amie ! Nous ne voudrions pas vous déranger dans vos préparatifs ! répondit-elle en s'écriant presque, tant elle s'en trouvait vexée d'être congédiée de la sorte. Lavinia, nous partons ! ajouta-t-elle sans un regard pour sa propre fille.

Toutes deux quittèrent rapidement la demeure de lady Susan sans un mot de plus. Lady Marjorie n'était pas près de digérer l'accueil qui venait de lui être fait.

Elle ! Une comtesse d'un rang bien plus élevé que celui de cette roturière ! Cette Susan l'avait obligée à prendre congé d'elle, mais elle n'en resterait pas là ! Il lui faudra trouver quelques potins croustillants sur lady Susan qu'elle pourrait lâcher en pleine réception.

Une longue vengeance endormie depuis vingt-huit ans venait de reprendre vie…

Lady Susan, complètement bouleversée à la suite de la visite de lady Marjorie, avait l'intention de quitter la pièce pour se rendre dans ses appartements. Tandis qu'elle se relevait sans un mot pour sa fille, elle se sentit vaciller et eut tout juste le temps de se retenir sur un long meuble disposé sur le côté droit de la porte du salon.

— Maman ! Que vous arrive-t-il ? s'inquiéta Violet.

Elle aida sa mère à s'installer sur le sofa et sonna Albert. Elle lui demanda un verre d'eau fraîche pour sa mère avant de retourner s'asseoir auprès de cette dernière, devenue blanche comme un linge.

— Maman, je vous en prie ! Parlez-moi !

— Mon Dieu ! Je ne la supportais déjà pas dans ma jeunesse, mais là, je crois bien que je ne peux…, répondit-elle à sa fille en laissant la fin de sa phrase en suspens.

Albert arriva avec un plateau en argent sur lequel un service en cristal était posé. Il servit un verre d'eau et le tendit à lady Susan avant de ressortir avec discrétion de la pièce. C'est d'une main tremblante que celle-ci s'en saisit. Elle en but quelques gorgées avant de le reposer sur le plateau qu'Albert avait déposé sur la petite table, faisant front au sofa.

— Excusez-moi, mon enfant ! Je pense être un peu trop émotive, dernièrement.

— Maman, je n'ai plus dix ans ! Je vois bien que vous êtes toute retournée par cette visite.

— Je vais déjà mieux, Violet. Ne vous inquiétez pas.

— Vous ne m'appelez jamais par mon prénom, sauf lorsque je commets une bêtise ! Et il y a fort longtemps que je n'en ai fait...

— C'est parce que je ne vous ai pas attrapée sur le fait, répondit sa mère en lui caressant la joue.

— Oui, certes ! répondit Violet en lui souriant à son tour.

— Ne vous inquiétez pas plus. Je vous promets que je vais déjà beaucoup mieux.

— Maman, que voulait dire cette mégère avec son sous-entendu ?

— Quel sous-entendu ?

— Mon prénom, maman ! Vous avez commencé à pâlir dès qu'elle en a fait l'insinuation.

— Cela n'a rien à voir avec vous, ma fille.

— Maman ! insista-t-elle.

Durant quelques secondes, lady Susan fixa Violet avant de lui céder.

— Bien, ma fille ! Autant que vous appreniez l'histoire de ma bouche plutôt que de celle de quelqu'un d'autre.

Lady Susan s'installa plus confortablement dans le sofa, et le regard déjà lointain, elle commença à raconter à Violet, sa vie avant la naissance de cette dernière.

— Mes parents n'étaient pas issus des hautes sphères même si nous étions aisés. Il n'y avait jamais eu de titre de noblesse dans notre arbre. Je connaissais peu ma famille du fait d'avoir passé toute ma jeunesse en pensionnat, et ce, dès mon plus jeune âge. C'est durant mes années de pensionnat que j'ai connu lady Shirley et malheureusement pour moi, lady Marjorie. Autant je m'entendais avec l'une, autant mon antipathie pour l'autre était grande. Et Marjorie, issue de la noblesse, ne me laissait que peu de choix. Shirley et moi-même l'évitions du mieux que nous pouvions. Mais elle avait toujours un coup d'avance sur nous et assez de friandises ou d'objets pour acheter les autres filles du pensionnat. Et malheureusement pour nous deux qui refusions d'être achetées par elle, c'est bien souvent que nous nous retrouvions dans la salle des punitions au pain sec et à l'eau. Mais cette situation a empiré au moment-même où Shirley, plus âgée que moi, a quitté le pensionnat. Elle continuait de m'écrire, mais dès lors qu'elle rencontrât son futur mari, ses courriers se raréfièrent bien que je n'aie pu lui en vouloir. À peine quelques mois après sa sortie, elle m'annonçait son mariage avec lord Somerford. Le mois suivant, elle m'annonçait sa grossesse. Je perdais une amie. Mon cœur souffrait de son absence. Elle était comme une sœur pour moi. À cause de cette peine, je me suis renfermée sur moi-même durant tous les mois qu'il me restait à passer dans cet endroit sans elle. Finalement, quelques mois après avoir fêté mes seize ans sans la présence de mes parents, j'ai quitté le pensionnat, aussi ignorante des choses de la vie qu'à mon arrivée. Le contexte qui fait tourner le Monde m'avait manqué cruellement autant que les autres jeunes filles puisque nous étions la plupart du temps, isolées des adultes. Mais au-dehors, je me suis crue enfin tranquille, libérée des coups bas de Marjorie. J'avais seize ans et à seize ans, il se passe de drôle de choses dans la tête d'une jeune fille. Dès mon retour dans le Berkshire, je me trouvais à nouveau libre, vivante. Notre demeure était voisine de celle des Pembroke. Je me promenais chaque jour dans la forêt et parfois dans le parc de leur château quand il n'y avait aucun des propriétaires dans celui-ci. C'était une règle de la duchesse de Bridgewater que je ne devais jamais transgresser. Un jour, environ deux mois après ma sortie du pensionnat, Clive m'est apparu dans le parc, au détour d'un chemin de gravier. Il s'est passé, à cet instant, quelque chose de magique que je vous souhaite un jour, ma fille, de connaître. Une allégresse et un bien-être que je n'avais jamais ressentis, même entre les bras de ma mère ou de ma tendre amie Shirley. Nous nous sommes regardés et j'ai su à cet instant que ce serait lui pour toujours. Nous nous sommes aimés en secret pendant une année jusqu'au jour où son père l'a appris. Clive était fiancé depuis l'âge de dix ans à une jeune fille n'ayant pas encore l'âge d'être sa femme. Je me suis toujours demandé pourquoi il ne me l'avait pas dit avant cet instant, lâcha-t-elle dans le vide, l'esprit plongé dans ce raisonnement resté depuis un mystère pour elle.

Elle relâcha sa respiration et posa dans un petit claquement ses mains sur ses cuisses comme pour accepter enfin de ne jamais connaître la vérité. Le regard toujours plongé dans de lointaines pensées, elle poursuivit.

— Mon cœur souffrait de cette trahison. Mais cela n'était que le début d'une terrible douleur, car la suite m'acheva. Mon père était comptable à la *Baring Brother & Co*, la banque la plus cotée de Londres. Et malheureusement pour nous, celle-ci avait comme actionnaire principal le duc de Bridgewater, le père de Clive. Notre affaire découverte, il exigea aussitôt de votre grand-père qu'il me fasse partir sur-le-champ de chez eux. Je fus mariée dans la semaine à votre père et reniée par ma famille à peine sortie de l'église. Nous avons dû quitter l'Angleterre et nous avons vécu ensemble jusqu'à sa mort à Beaurepaire. Depuis ce jour, je n'ai jamais revu un seul membre de ma famille et je ne sais si mon frère est encore vivant ou pas…

— Maman ! Pourquoi n'en ai-je jamais rien su ?

— Parce que le cœur d'une femme recèle bien des secrets, ma fille.

— Avez-vous aimé mon père, maman ? demanda doucement Violet.

— Oui, bien sûr ! Peut-être pas autant que votre père l'aurait voulu au départ. Mais votre venue au monde nous a unis réellement et votre père vous aimait tant, ma Violet, répondit sa mère, les yeux emplis de larmes retenues.

— Oh ! Maman, ne pleurez pas, je vous en prie ! Cela me chagrine de vous voir si bouleversée.

— Non, ma fille. Il était temps que vous sachiez cette histoire !

Lady Susan s'essuya les yeux avec un mouchoir tandis que Violet était stupéfiée par ce qu'elle venait d'entendre sur sa mère qu'elle n'aurait jamais cru savoir si malheureuse.

— Et bien que nous ne fussions pas très aisés dans notre jeunesse, poursuivit lady Susan après avoir bu une gorgée d'eau, votre père a su faire ce qu'il fallait pour que nous nous en sortions. Pendant la durée de ma grossesse, il s'est mis à faire du gardiennage de nuit. Grâce à son sérieux, les gens ont commencé à avoir confiance en lui et lui ont demandé de louer puis de vendre des biens immobiliers. De fils en aiguilles, et pendant les treize…quatorze années, se reprit-elle en rougissant, où j'ai vécu auprès de lui, votre père est devenu un excellent négociateur. Tous nos biens immobiliers en France nous ont rapporté énormément d'argent. Et en prime, en sauvant de la noyade le fils du Premier ministre français, votre père s'est vu anobli d'un titre qui a fait de nous des Dames. Il a fait en sorte que nous soyons à l'abri du besoin. C'est pourquoi aujourd'hui, vous n'avez rien à craindre pour l'argent.

— Oh, maman ! Je n'ai jamais douté un seul instant que nous pourrions en manquer ! Votre notaire a toujours géré vos biens et jusqu'à présent, nous n'avons pas eu à nous inquiéter de quoi que ce soit, n'est-ce pas ? demanda Violet en pressant tendrement les mains de sa mère dans les siennes.

— Oui, ma fille ! Vous avez raison. Je suis un peu nostalgique. Malgré tout, le fait de vous avoir raconté cette histoire me fait me sentir beaucoup mieux.

— Merci d'avoir eu confiance en moi, maman. Mais… j'ai encore une petite question. Pourriez-vous me dire qui est cette vicomtesse, lady Darcy, chez qui nous sommes supposées nous rendre pour un concerto ?

— Comment cela, ma fille ? Vous ne connaissez pas lady Darcy !

— Heu…, non, maman !

— Eh bien, je ne crois pas la connaître, moi non plus ! s'exclama lady Susan en lui souriant. Je dois vous confesser que j'ai commencé la lecture de ce roman que nous avons acheté hier, *Orgueil et Préjugés* de Miss Austen, et j'avoue qu'il n'y a que ce nom qui m'est venu en tête, dit-elle avant de rentrer dans un fou rire nerveux avec sa fille.

« *Je crois bien pouvoir vous dire, ma chère amie, que lady Susan et sa fille ont été à la même école de la galéjade quant à utiliser le nom de personnages littéraires...* »

Le soir venu, lady Susan se coucha tout de même avec une petite inquiétude. Durant quelques minutes, ses pensées s'affolèrent et une forte appréhension finit par l'envahir totalement. Le fait d'avoir sciemment menti à sa fille la fit se sentir mal. Elle était certaine que cela allait lui retomber dessus prochainement. Mais elle ne pouvait pas avouer à Violet qui était son véritable père.

— *Seigneur ! Pas encore ! Pas maintenant !* se dit-elle silencieusement.

Elle se redressa dans son lit avant d'en ressortir et se positionna à genoux, les coudes posés sur son édredon, les mains liées l'une dans l'autre. Tout en prenant une grande inspiration, elle ferma les yeux.

— Pater noster, qui es in cælis,[1]...

« *Si la prière la rassurait, ma chère amie, eh bien, soit ! Prions avec notre chère lady Susan...* »

---

[1] *Notre Père, qui es aux cieux,...*

## *Chapitre 7*

*Little Wittenham, vendredi 24 février 1899*

Quelques jours s'écoulèrent après la visite de lady Marjorie. Pourtant, Violet sentait bien que sa mère était encore ébranlée par la visite de cette dernière. Mais lady Susan n'en raconta pas plus qu'elle ne lui en avait déjà dévoilé et préféra conserver ses secrets au fond de son cœur qui s'était remis à battre sur un rythme fou dès lors qu'elle avait revu Clive Pembroke. Toutefois, il n'était pas question de l'avouer à qui que ce soit !

*« On aurait bien dit là, ma chère amie : telle mère, telle fille pour ce qui en était de se mentir sur ses propres sentiments ! »*

Ce jour-là, Violet attrapa sa capeline et se positionna devant le miroir du hall d'entrée. Elle se coiffa de celle-ci avant de quitter la demeure de sa mère, tout en fredonnant une chanson. Elle avait décidé de se rendre dans le petit sous-bois, avec l'intention de cueillir des prunelles et quelques fleurs sauvages.

Edward était également venu tôt, ce matin-là, dans le sous-bois puisqu'il savait que Violet se rendait ici, fréquemment. Qui plus est, comme ce sous-bois reliait leurs deux propriétés, il avait tout à fait le droit de s'y trouver lui aussi. Flânant tantôt vers la gauche, ou vers la droite, il cueillait des petites baies rouge-grenat tout en se disant que Violet ne tarderait plus à arriver. Et effectivement, il ne s'écoula pas plus de dix minutes avant que la *belle* n'arrive. Cependant, dès qu'elle l'aperçut à moins de dix pas d'elle, elle essaya de l'éviter.

Mais trop tard !

Il l'avait entendue fredonner et l'avait vue, de loin, s'amuser à taper du pied dans les feuilles mortes qui parsemaient le chemin. Il s'avançait toujours vers elle tandis qu'elle cherchait vainement à lui échapper. Néanmoins, en trois enjambées, il la rattrapa.

— Chère Lady Violet ! Quelle joie de vous revoir si tôt !

— Lord Edward, répondit-elle solennellement en tournant les talons après lui avoir présenté une petite révérence.

Edward, sans se démonter, continua de marcher à ses côtés.

— C'est une belle journée, vous ne trouvez pas, Milady ?

Violet fit semblant de ne pas l'écouter et ne prit même pas la peine de répondre à sa question. De toute façon, elle n'aurait rien pu lui dire tant son cœur faisait des bonds dans sa poitrine. Edward, sans se décourager pour autant par son silence, décida de continuer de converser avec elle.

— Peut-être, Milady, pourrions-nous faire quelques pas ensemble ? proposa-t-il.

— Oui, peut-être ! réussit-elle à lui répondre tout en s'arrêtant près d'un buisson, sans savoir ce qu'elle voulait vraiment.

En faisant mine de n'avoir pas un regard pour Edward, elle s'inclina pour cueillir des prunelles presque noires.

Délicatement, elle les déposa dans son petit panier d'osier dans lequel était déjà disposé un torchon beige, correctement arrangé. Edward qui avait mis dans son mouchoir immaculé quelques baies fraîchement cueillies quelques minutes auparavant, en attrapa deux ou trois et les porta à sa bouche. Il était en train de les mâcher quand soudainement Violet, qui n'avait pu s'empêcher de le regarder du coin de l'œil, s'écria :

— Ne les avalez pas ! Celles-ci sont empoisonnées !

Edward les recracha aussitôt en toussant fortement. Au bout de quelques secondes, il s'essuya la bouche de son mouchoir immaculé. Durant ce temps, une pesante tension s'était élevée autour d'eux sans qu'Edward, son mouchoir toujours posé sur ses lèvres, ne s'en rende vraiment compte. Seulement, peut-être, au moment où il se mit à fixer Violet.

Qu'avait-elle ? Elle semblait manquer d'air. Dubitatif, il plissa les yeux au moment même où elle éclata de rire.

— Oh, Seigneur ! Si vous pouviez voir votre tête, Monsieur ! s'exclama-t-elle en mettant sa main sur sa bouche pour comprimer un rire impossible à retenir.

— Seriez-vous en train de vous railler de moi, Milady ? demanda-t-il.

— Je crois bien que… oui, Monsieur ! ne put-elle s'empêcher de lui répondre en reculant, un formidable sourire aux lèvres.

Il s'approcha d'elle si près qu'elle faillit tomber à la renverse. Il la rattrapa aussitôt et l'enlaça. Elle voulait s'arrêter de rire, mais elle n'y arrivait pas.

— Je pense qu'une nouvelle punition s'impose ! dit-il tout simplement avant de prendre sa bouche dans un baiser fiévreux.

Elle essaya de protester tout en voulant le repousser, mais il la saisit par la nuque et continua d'écraser ses lèvres sur les siennes.

Son cœur s'affola !

Il était fort, et son corps ferme et si puissant la faisait se sentir vulnérable entre ses bras tout en ayant le sentiment d'être protégée. Ses lèvres étaient chaudes et sa langue avait le goût des baies qu'il venait de croquer. Elle se sentit fondre quand il l'embrassa dans le cou. Elle laissa échapper un soupir, quand soudain il s'arrêta. Elle se sentit instantanément démunie, vide, le froid la saisissant dans tout le corps.

— Je crois, Milady, que ce sera tout pour aujourd'hui ! laissa-t-il entendre.

Et tout en la saluant du chef, il tourna les talons, complètement ravi de la sentir si aise et si abandonnée entre ses bras.

— Vous n'êtes qu'un crétin, si vous croyez que cela m'a plu ! rétorqua-t-elle en lui lançant des glands qu'elle venait de trouver à ses pieds.

Bien entendu, elle ne fit pas mouche…

— Je vous remercie du compliment, Milady ! s'écria-t-il en se retournant.

Et de nouveau, il la salua de loin avant d'exploser de rire en voyant la tête qu'elle faisait. Il rentra chez lui, un sourire formidable accroché à ses lèvres.

Mais quelle conduite pour un homme qui avait reçu une si belle éducation !

Il avait tout de même un bon prétexte pour justifier cela. Violet semblait faire ressortir ce qu'il y avait de plus discourtois en lui. Et en parlant de cette dernière, justement, elle venait d'arriver chez elle fort contrariée. Encore une fois, Edward s'était permis avec elle des frivolités indignes d'un gentleman.

Et ce qui la rendait folle, c'est qu'elle avait aimé cela ! Bon ! Il est vrai que c'était elle qui avait commencé effrontément. Mais de quel toupet et quel aplomb cet homme était-il doté ! Elle était une lady tout de même ! Mais qu'à cela ne tienne, il ne s'en tirerait pas à si bon compte, *l'animal !*

Elle avait bien l'intention de faire payer ce sans-gêne que cet audacieux personnage s'octroyait avec elle. C'est en rentrant dans sa chambre qu'elle songea que bientôt aurait lieu une nouvelle réception et que cette fois-ci, celle-ci se déroulerait chez sa mère. Elle n'avait plus qu'à prendre son mal en patience et montrer à ce goujat ce qu'il se passait quand on la provoquait !

C'est en se disant ces mots qu'elle s'aperçut qu'elle tenait dans sa main droite un mouchoir. Celui-ci ne lui appartenait pas. Elle le déplia et, tout en apercevant des petites taches de baies, elle put lire à voix haute les lettrines qui étaient brodées dessus.

— E.S., dit-elle en écarquillant les yeux. Oh, non ! Seigneur, voilà que cela continue ! s'exclama-t-elle.

Elle porta le mouchoir à son visage et sentit le reste des effluves d'un parfum masculin.

C'était bien évidemment celui d'Edward qu'elle aurait reconnu entre mille !

Après une courte hésitation, elle ne put s'empêcher de porter la partie tachée à sa bouche avant de se rendre compte de ce qu'elle faisait. Tout en secouant la tête comme pour se convaincre de son erreur, elle cacha rapidement ledit mouchoir dans le tiroir de sa petite commode...

*« Mais je peux vous dire, ma chère amie, qu'elle avait pris bien soin, tout de même auparavant, de le plier méticuleusement. »*

*« Mais je peux vous dire, ma chère amie, qu'elle avait pris bien soin, tout de même auparavant, de le plier méticuleusement. »*

# *Chapitre 8*

*Little Wittenham, lundi 27 février 1899*

Il ne s'écoula que trois jours après ce drôle d'échange fait dans le boqueteau de Wittenham. Et, comme elle se l'était promis, Violet se tint prête à passer à l'action lors de cette fameuse réception qui était donnée chez sa mère, ce soir-là. Les invités étaient déjà tous dans le salon, une coupe remplie de champagne ou un verre de vin à la main. Lady Susan, tout comme la dernière fois, semblait subjuguée par Clive Pembroke.

Mais qui aurait pu lui en vouloir ?

Assurément pas sa fille ! Sa mère semblait avoir à nouveau vingt ans.

Et, à bien y regarder, le duc tout autant qu'elle !

Les minutes s'égrenaient et tous les invités étaient plongés dans une discussion, leur verre se vidant au fil des mots qu'ils échangeaient entre eux, tout en attendant que le majordome les invite à passer dans la grande salle à manger. Violet en profita pour fixer Edward afin de savoir pourquoi il ne s'était pas encore manifesté auprès d'elle. En fait, c'était à cause du vieux lord Stanton, lequel, aussitôt arrivé, s'était accaparé de la présence d'Edward. Ce dernier fixa Violet à son tour. Tout en levant son verre en sa direction, Edward délaissa dans une excuse le vieux lord pour s'approcher de la belle célibataire… Violet conversait avec Juliette, une nouvelle amie qu'elle s'était faite un dimanche matin, lors de l'office religieux. Cette dernière était bien plus jeune que Violet et était fort timide comme put le constater Edward quelques minutes plus tard.

— Ma chère Lady Violet, je suis ravie de vous revoir, exprima Edward, un charmant sourire aux lèvres.

— Mon cher ami, je suis ravie de même, répondit Violet en lui tendant docilement sa main.

Ce qui étonna fortement ce dernier.

Que mijotait-elle encore ?

— Puis-je avoir la joie de vous présenter ma nouvelle amie, Juliette ainsi que son charmant frère ? dit-elle avec un clin d'œil.

Surpris, il porta à ses lèvres la main de Juliette, qui s'était mise à rougir, avant de saluer d'un signe de tête le frère de cette dernière.

— Il me faut vous dire, Lord Edward, que Gédeon est tout à fait passionnant ! Figurez-vous qu'il est sorti major de sa promotion à Eton et qu'il adore, comme moi, la nature ! Ne trouvez-vous pas cela incroyable, mon cher Edward ? murmura-t-elle comme dans une confidence. Voilà que je trouve quelqu'un d'aussi passionné que moi sur le sujet !

Bien que dites à voix basse, ces phrases furent tout de même entendues par l'intéressé. Gédéon rougit comme une jeune fille pendant qu'Edward grinçait des dents. Ce qui fit sourire Violet.

Enfin, l'heure des représailles avait sonné !

— Oh, Gédéon ! Voilà que je vous gêne par mes paroles ! Des paroles pensées et sincères, pensez-vous bien ! ajouta-t-elle en fronçant légèrement les yeux tout en lui souriant. Mais je manque à tous mes devoirs d'hôtesse ! Venez avec moi, mon cher, à la table des rafraîchissements. Nous allons trinquer à notre belle rencontre !

Sur ces derniers mots, et tout en s'attachant le bras de Gédéon, elle tourna les talons laissant Edward dans une rage sourde.

Serait-il jaloux ?

Oui, en effet ! Et non pas qu'un peu…

— *Si vous croyiez que je vais vous laisser me ridiculiser de la sorte, vous vous fourrez le doigt dans l'œil, ma chère petite sauvagesse !* songea-t-il. *Vous m'avez déclaré la guerre. Qu'à cela ne tienne ! Vous allez l'avoir…*, continua-t-il de penser sourdement.

Décontenancé, il se reprit en présentant un magnifique sourire à Juliette lorsqu'il s'adressa à elle. La jeune femme n'avait toujours pas dit un seul mot et elle semblait égarée parmi les invités présents dans le salon.

— Lady Juliette, me feriez-vous l'honneur de bien vouloir m'accompagner à la table des rafraîchissements ?

Et toujours sans un mot — tant elle était timide —, Juliette posa sa main sur celle qu'Edward lui tendait. Ils arrivèrent près de Violet et de Gédéon, lesquels étaient en grande discussion. Edward s'approcha d'eux, mais fit semblant de ne pas voir Violet. Cette dernière, fortement surprise de cette indifférence à son égard tout en ne distinguant pas la moindre ombre d'une jalousie naissante sur ce visage si séduisant, se sentit soudain désemparée. Son plan prenait l'eau comme une barque qui coule en pleine mer. Edward ne semblait pas du tout jaloux. D'autant qu'il affichait un formidable sourire qu'il dispensait uniquement à son amie Juliette. Cette dernière se décoinça quelque peu et engagea la conversation. Malgré une forte timidité, Juliette n'en était pas moins ignare. C'était une jeune femme d'à peine vingt ans et bien qu'Edward se sentît envahi d'une envie folle de rendre la monnaie de sa pièce à Violet, il ne souhaita pas donner de faux espoirs à Juliette. Il n'avait jamais fait de mal à une femme et ne s'était jamais senti l'envie de le faire. Au bout de plusieurs minutes, Edward s'aperçut qu'il avait été fortement absorbé par la discussion qu'il avait avec Juliette. Il releva la tête et croisa le regard de Violet.

Elle l'aurait tué si elle l'avait pu !

À tout le moins, c'est ce qu'il en déduisit quand il aperçut ce regard améthyste dardé sur lui. Il fit semblant de ne pas le remarquer et reprit le fil de la discussion qu'il avait avec la jeune femme. Finalement, sans un seul regard pour celle qui lui faisait battre le cœur, il s'en alla avec Juliette dans la grande salle à manger dans une ignorance totale pour la femme qu'il convoitait toujours.

Le majordome venait d'informer tous les invités que le dîner n'allait plus tarder à être servi. Violet trouva Gédéon très lassant. Le jeune homme revigoré par l'intérêt que la jeune femme lui avait porté s'était senti poussé des ailes. Aussi, il n'arrivait plus à s'arrêter de parler. Violet épuisée par tant de paroles s'excusa auprès de ce dernier. Elle s'en alla d'un pas vif et remonta dans ses appartements.

— Pourquoi faut-il que cela m'arrive, à moi ? À moi ! s'écria-t-elle la tête enfouie dans un coussin pour étouffer ses cris. Il m'agace ! Autant l'un que l'autre, d'ailleurs ! ajouta-t-elle toujours le nez dans l'étoffe soyeuse.

Elle reposa enfin son petit coussin sur son lit et se servit un grand verre d'eau. Elle le but et reposa le verre bruyamment sur sa table de chevet. Elle se regarda dans sa psyché et fixa son propre reflet.

Pourquoi avait-elle décidé de le rendre jaloux ?

Cela n'avait servi à rien puisqu'il semblait s'en moquer totalement.

Elle essaya bien de se calmer, mais en vain !

Après s'être installée devant sa coiffeuse pour repoudrer ses joues trop rougies à son goût — avec sa poudre de riz de Java qu'elle faisait venir de Paris, car elle ne supportait que les créations du parfumeur Alexandre Napoléon Bourjois —, elle redescendit dans la salle à manger. À peine avait-elle traversé le seuil de celle-ci que Gédéon lui sautait dessus avec des paroles pompeuses.

*— Seigneur ! Que ce dîner va me sembler bien long !* songea-t-elle.

Edward, qui se demandait où Violet avait bien pu disparaître, feignit de ne pas la voir revenir. Il ne la regarda pas une seule fois. Même pas un semblant de tête ou de coup d'œil qui se tourne vers elle.

Comme cela la fit souffrir !

Son cœur lui faisait mal !

Et son égo aussi !

Lady Susan, quant à elle, était bien plus sereine que sa fille. Le duc débordait d'attentions envers elle. Et bien que ce soit elle qui reçoive en sa demeure, son amie lady Shirley avait souhaité s'occuper de la réception. Elle avait donné les ordres de passer à table et indiqué au majordome le tempo du repas à six services qui avaient eu lieu. De voir son amie d'enfance dans une telle béatitude l'enchantait grandement.

La réception se termina tardivement sans qu'Edward ne s'adressât à nouveau à Violet.

Seigneur, comme celle-ci souffrait toujours !

Il avait quitté la demeure de lady Susan sans un seul regard pour la fille de cette dernière. Violet, de retour dans sa chambre, semblait prise d'un énorme doute. C'est subrepticement dans sa tête que cette question s'immisça :

— *Aurais-je fait l'erreur de lui présenter mon amie ?* se questionna-t-elle silencieusement.

Ses joues la brûlaient et aucune pensée contraire ne vint soulager ses doutes. Ruminant encore et encore, c'est avec toutes ces mauvaises pensées qu'elle s'était finalement couchée.

*« Et je peux vous confirmer, ma chère amie, pour avoir vu le sommeil tenter de la happer, qu'il n'y était parvenu que tardivement et, seulement, aux premières lueurs du petit matin... »*

# *Chapitre 9*

*Boqueteau de Wittenham, mardi 28 février 1899*

… et lors de ce même matin, Edward faisait de nouveau les cent pas dans les bois en attendant Violet. Cette dernière, qui avait très mal dormi, s'était levée plus tardivement que d'habitude. Aussi, lorsqu'elle s'engagea sur le chemin qui l'emmenait au fond du sous-bois, Edward en avait déjà quitté les lieux. Elle avait encore mal à la tête d'avoir pensé durant toute la nuit. Le sommeil la gagnait à nouveau et elle n'aspirait qu'à s'allonger. Elle décida de se rendre dans le petit recoin d'un bosquet qu'elle vénérait avec secret, car encore personne ne l'avait surprise à cet endroit. Mère Nature semblait avoir épargné l'endroit du vent et de l'humidité et les Dieux, dans leurs bontés, laissaient le soleil dispenser ses rayons avec abondance, bien que l'époque hivernale n'ait pas encore laissé place à la douceur printanière. C'était un petit lieu de rêve pour y faire une sieste. C'est pourquoi elle n'hésita même pas une minute pour se décider à s'y installer. Elle s'accroupit sur le sol recouvert d'une mousse dorée, et déposa à même celle-ci un grand fichu qu'elle avait emporté avec elle. Telle une fée des bois, elle cueillit quelques clochettes de bruyères roses, qu'elle déposa sur un coin du fichu, tout en se disant qu'elles feraient un très joli bouquet pour sa mère. Elle conserva l'une d'elles et en porta la longue tige à ses lèvres avant de s'allonger. Confortablement installée sur son vêtement, elle ferma tout simplement les yeux en poussant un soupir profond. Edward, qui avait égaré son foulard, était retourné sur ses pas afin de le récupérer. Tout en recherchant ledit foulard, il se demandait bien ce qui lui arrivait dernièrement. Il n'arrêtait pas de perdre ou d'égarer des objets. Et lui aussi avait l'esprit contrarié. Il avait fait mine la veille de ne pas s'intéresser à Violet alors que bien au contraire, il n'avait eu qu'une seule envie : l'embrasser à nouveau !

Aussi, quand au loin il vit la belle s'allonger, une folle envie d'elle s'empara de lui et sa contrariété se transforma en désir.

— Mais que faites-vous toute seule dans cet endroit, Milady ? se questionna-t-il dans un murmure en la fixant d'un regard rempli de convoitises.

N'importe qui aurait pu la trouver, là, ainsi. Le terrain était si charnu de verdure qu'un être malintentionné aurait pu s'y être caché et vouloir lui faire du mal. À cette pensée, son envie d'elle reflua et une rage s'empara instantanément de lui.

— Est-elle devenue folle ou cherche-t-elle les ennuis ? Jarnicoton ! J'ai bien l'intention de lui démontrer qu'elle les a trouvés ! s'exclama-t-il le visage fermé.

Après ces quelques minutes de réflexions préoccupantes, il effaça les vingt mètres qui les séparaient en se rapprochant d'elle. Il se positionna juste devant ses jolis petits pieds habillés de souliers en satin bleu sous lesquels il mourrait d'envie d'assener un petit coup sec avec son propre pied, afin de remettre en place les idées à cette inconsciente. Finalement, même s'il n'en fit rien, il était tout de même décidé à lui faire connaître le fond de sa pensée.

Qu'elle le veuille ou non, cela lui importait peu !

Il était temps que quelqu'un remédie à ce comportement inconscient et il comptait bien être cette personne…

— Que faites-vous ici, Milady ? l'interrogea-t-il d'une voix sourde tant la rage grondait en lui.

Malgré sa question, il resta stupéfait, car, soit elle faisait semblant de ne pas l'entendre, soit elle dormait. Et bien entendu, elle dormait même déjà profondément !

Surpris par cette découverte, il ne put s'empêcher de s'allonger auprès d'elle sans faire de bruit. La clochette rose qu'elle avait au coin de la bouche oscillait sur le rythme de sa respiration. Il attrapa un long brin d'herbe folle et s'amusa à lui chatouiller le bout du nez avec celui-ci. Elle secoua quelque peu la tête avant de passer sa main sur son visage, afin de chasser l'agaçant insecte qui venait de la réveiller. Celui-ci avait, semble-t-il, décidé de continuer à l'importuner. Irritée par la petite bête, elle ouvrit les yeux et se retrouva nez à nez avec Edward.

— Saperlotte ! jura-t-elle. Que vous m'avez fait peur, Monsieur !

— Je vous ai fait peur, Milady ! s'exclama-t-il. Estimez-vous heureuse que ce soit moi qui vous trouve dans cette fâcheuse position. Si cela avait été un autre que moi, il aurait pu se servir comme il l'entendait…, dit-il sans terminer sa phrase en lorgnant son corps de haut en bas.

— Un autre homme que vous aurait été bien élevé et m'aurait, sans aucun doute, réveillée avec douceur, Monsieur !

— Vous voulez de la douceur, Milady ? l'interrogea-t-il avec une rage sourde.

— Oui, tout à fait ! C'est ce que souhaitent toutes dames fort bien élevées, Monsieur ! rétorqua-t-elle.

— Toutes dames fort bien élevées ne s'allongent pas seules dans un bosquet et ne jurent pas, Lady Violet ! lui signifia-t-il d'un ton hautain en se relevant.

Vexée par le ton et les paroles de ce dernier, Violet lui fit un croche-pied. Il tomba à genoux et se retourna instantanément vers elle. Elle n'eut pas le temps de dire quoi que ce soit, qu'il avait déjà ses lèvres collées aux siennes. Il lui donna un baiser ferme et s'allongea sur elle, la faisant plier sous son poids. Afin de mieux l'immobiliser, il lui saisit les poignets les lui ramenant de chaque côté de sa tête avant de faire peser tout son corps sur elle en la fixant. Elle avait beau essayer de se défendre, elle ne pouvait plus bouger. Edward reprit ses lèvres et continua de l'embrasser jusqu'à la sentir abdiquer. Quand il la sentit plus amène, il poursuivit son baiser qui devint tendre et doux. Elle s'abandonna totalement dans ses bras et ne put résister plus longuement à l'engourdissement qui s'accaparait de tout son corps. Edward quant à lui, était aussi envahi d'une délicieuse douleur. Malgré l'éducation remarquable qu'il avait reçue, il se sentait dévergondé dès qu'il se retrouvait en présence de la jeune femme. Son cerveau s'était déjà déconnecté de la réalité, c'est pourquoi il n'eut aucune gêne à lui défaire le col de sa robe et à lui embrasser l'épaule tandis qu'elle soupirait d'aise. Il poursuivit son exploration en tirant sur son corsage et délaça quelque peu les liens de son corset. Il libéra ses seins — qu'il trouva de belles formes — et subjugué par leur volupté, il déposa quelques baisers dessus avant d'envelopper de sa bouche, un mamelon tout entier. Une chaleur agréable envahit Violet et elle posa instinctivement sur sa féminité, sa propre main. Tout en continuant à embrasser sa gorge, Edward déposait sa main sur la sienne et entrelaçait ses doigts aux siens. Tous deux se retrouvèrent absorbés dans un élan incontrôlable l'un envers l'autre. Edward commençait à la caresser au travers du tissu soyeux de ses jupons sans que Violet ne lui oppose la moindre résistance. Il continua de déposer une myriade de baisers sur ses seins avant de reprendre goulûment sa bouche tout en soulevant ses jupons pour mieux la caresser. C'est alors que Violet ressentit un surprenant courant traverser sa féminité avant que son corps tout entier en ressente également les effets en se tendant brusquement. Edward se releva légèrement et s'appuya sur un coude pour la regarder *se magnifier* tandis que lui aussi se tendait un peu plus…

Mais était-ce la vue de cet adorable tableau qui lui fit remettre en marche promptement le cerveau ?

Nul ne saurait vous le dire…

Edward cligna des yeux et regarda autour de lui. Il se rendit soudain compte de ce qu'il lui faisait là, au vu et au su de tous — nature ou autres êtres vivants qui pourraient se promener dans les parages. Il s'arrêta net et se releva, libérant ainsi Violet de la prison sensuelle qu'il avait créée autour d'elle.

À nouveau, elle se sentit frissonner par le manque qu'elle avait de lui !

Dès qu'il posait ses mains sur elle et qu'il les lui retirait, elle se sentait égarée, seule, perdue.

— Qu'est-ce…, lâcha-t-elle d'une voix tremblotante, les joues rougies, tout en remettant en place son corsage qui pendait sur le haut de sa poitrine tandis qu'Edward jurait contre lui-même.

C'est contrarié et avec de grands mouvements qu'il épousseta son pantalon ainsi que sa veste avant de tourner les talons. Sans prendre la peine de se retourner vers elle, il s'écria :

— Rentrez chez vous avant que quelqu'un de bien moins intentionné que moi ne profite des faveurs que vous avez à offrir, Milady !

Il continua à marcher d'un pas décidé, plongé dans une colère tournée contre lui-même.

Il aurait pu lui faire l'amour, là, sur ce sol !

Et il était sûr qu'avec l'entrain qu'il y avait mis, cette *envoûtante traîtresse* ne l'aurait même pas arrêté !

*« Vous en conviendrez avec moi, ma chère amie, qu'aucun autre mot ne pouvait mieux décrire notre chère lady Violet ! »*

# Chapitre 10



*Little Wittenham, lundi 6 mars 1899*

Violet était restée muette quand Edward, quelques jours plus tôt, l'avait quittée en partant du bosquet d'un pas vif. Elle était rentrée ce jour-là, chez elle, sans savoir comment expliquer sa tenue désordonnée. Heureusement pour elle, c'était Mme Edwige qui l'avait retrouvée dans cet état. La cuisinière avait donné l'ordre à l'une des bonnes de la maisonnée de s'occuper immédiatement des vêtements de leur jeune maîtresse. Et bien que lady Susan soit certainement disposée à pardonner quoi que ce soit en ce moment, il n'était pas question de lui laisser entendre que sa fille s'était amusée à faire le pari de sauter par-dessus des flaques d'eau boueuse, qu'il y avait dans le boqueteau de Wittenham, et ce, en la seule présence de lord Edward, comme le lui avait raconté Violet tout en changeant de vêtements. Mme Edwige la connaissait depuis sa plus tendre enfance et connaissait le caractère de sa jeune maîtresse. Aussi, ne mit-elle absolument pas en doute les propos de Violet. Elle savait que celle-ci adorait les défis.

Mais non !

Elle aimait assez ses maîtresses pour les avoir suivies en Angleterre sans aucune hésitation lorsque lady Susan lui avait demandé de les accompagner. Et comme elle était au service des Templeton dès lors que ces derniers avaient emménagé en France, elle avait toujours protégé Violet. Aussi, après s'être assurée que la jeune femme n'avait pas risqué autre chose qu'une robe abîmée, elle l'avait laissée retourner à ses occupations et n'avait rien pipé lorsqu'elle avait croisé dans l'après-midi, lady Susan. Violet avait tout de même eu de la chance de ne pas se retrouver face à sa mère dans l'état où elle était rentrée. Sa robe était parsemée de terre ainsi que de petites taches vertes qu'elle s'était faite en essayant de se débattre sur le sol, quand Edward l'avait maintenue prisonnière entre ses bras. Et son corsage avait également souffert quelque peu.

Quoique ces derniers temps, lady Susan, qui avait les yeux remplis d'étoiles, eût bien pu croiser sa fille en tenue d'Ève, qu'elle ne l'aurait sans doute même pas remarquée !



Et aujourd'hui, lady Susan semblait avoir encore l'esprit loin de son corps, car il suffisait de la regarder pour la voir sourire aux anges. Lady Susan voyait fréquemment, depuis plusieurs jours, le duc pour ne pas ainsi dire, *tous* les jours depuis leurs retrouvailles. Ce dernier, toujours fort épris de son amour de jeunesse, passait chaque minute auprès de lady Susan à chaque fois que ses obligations quotidiennes le lui permettaient. Et ce matin même, il lui avait volé un léger baiser. Elle avait déjeuné avec lui et tous deux étaient ressortis du restaurant en se tenant le bras. Et c'était sans doute pour cela que cet après-midi, lady Susan souriait naïvement en se servant une tasse de thé.

Le duc était repassé chez lady Susan en cette fin d'après-midi. Il n'arrivait pas à passer plus de quelques heures loin d'elle. Ce jour-là, au lieu de se voir autour d'un déjeuner ou d'une promenade faite à pied dans le parc des Pembroke, Clive était venu chercher Susan avec sa voiture particulière et ensemble, ils étaient partis faire le grand tour du parc de Little Wittenham. Son cocher avait eu l'ordre de faire avancer au pas les quatre chevaux de sa voiture, ce qui leur permit de discuter sans être dérangé par le regard curieux d'un serviteur ou bien d'une connaissance. Susan se sentait comme une jeune demoiselle à son premier rendez-vous. Elle avait les joues rougies et ses yeux brillaient de mille éclats. Clive ne l'en trouva que plus belle et des plus désirables.

— Susan, je suis ravie de vous revoir si tôt. Je n'arrive plus à me passer de votre présence. Serait-il possible de vous voir…ce soir ? demanda-t-il d'une voix remplie d'émotions.

— Je ne sais si cela est vraiment raisonnable, Clive. Ma fille doit m'attendre pour le dîner et j'ai déjà manqué le déjeuner avec elle…

— Oui, bien entendu. J'avoue faire preuve d'égoïsme dès lors que je vous ai revue, Susan. Je vous voudrais toute à moi, lui signifia-t-il avant de la prendre dans ses bras et de lui donner un tendre baiser.

Elle se laissa faire avant de répondre à son baiser. Ils retrouvèrent le goût de leurs bouches après tant d'années de séparation. Ils s'aimaient à n'en pas douter. D'ailleurs, ils n'avaient certainement jamais cessé d'être épris l'un de l'autre. Clive attrapa le visage de Susan en coupe et la fixa d'un regard profond. Elle plongea son regard dans celui de Clive, ce regard si particulier — *meslée[2] de violet* — qu'elle voyait tous les jours dans le regard de sa fille. Cela la perturba tout à coup, ce qui n'échappa pas à ce dernier.

— Que se passe-t-il, Susan ? Ai-je dit ou fait quelque chose de déplacé ? l'interrogea-t-il avec douceur.

— Non, Clive ! Ce n'est pas vous, mais moi…, annonça-t-elle les larmes aux yeux.

— Que voulez-vous dire, mon amour ? déclara-t-il.

— Oh, Seigneur ! Clive ! Comment pourrez-vous vouloir encore de moi après ce que je m'apprête et que je me dois de vous avouer ?

— Ma chère Susan, rien ne peut me choquer venant de vous et je vous ai toujours voulue. Il n'y a aucune raison pour que cela change, croyez-moi !

— *Seigneur ! Aidez-moi, je Vous en supplie,* pria-t-elle silencieusement avant de prendre une grande inspiration.

Clive s'était saisi de ses mains que les siennes enveloppaient totalement avec douceur. Il les caressa et la fixa de nouveau tout en attendant qu'elle se décide à lui parler.

— Clive…, Violet… Violet est…

Clive secoua la tête en ne comprenant pas ou Susan voulait en venir. Celle-ci ferma à nouveau les yeux puis se lança en plongeant son regard dans le sien.

— Violet est votre fille, Clive, souffla-t-elle d'une voix chevrotante.

Ce dernier ne prononça pas un seul mot. Ses yeux brillaient

---

[2] *« Veneris gemma [sorte d'améthyste] est de couleur pourprine, meslée de violet, ou comme la resplendeur d'une rose par dedans, et semble reflamboyer doucement contre les yeux. »* — *Les illustrations de Gaule*, 1549.

déjà d'un amour contenu, mais, leur couleur changea légèrement. Devenues d'une couleur pourprine, ses pupilles se dilatèrent au moment même où des larmes les envahirent.

— Clive, parlez-moi, je vous en prie !

Il porta à ses lèvres les mains de lady Susan et écrasa un baiser sur chacune d'elles.

— C'est le plus beau jour de ma vie, mon Aimée !

Et avec toute la passion qu'un homme peut avoir pour une femme, il l'embrassa.


Lady Susan était rentrée un peu après sa révélation faite à l'homme qu'elle avait toujours aimé. Clive avait tellement nourri l'espoir d'avoir un enfant de Susan qu'il avait hâte de connaître cette enfant, cette fille qui lui avait toujours appartenu sans le savoir. Tous deux avaient décidé de ne rien dire pour le moment à Violet. Clive avait prévu de passer prendre Susan pour le dîner, mais la soirée amoureuse qu'il avait imaginée pour ce soir prendrait dorénavant une autre tournure. Il voulait que Susan lui parle de sa fille et d'elle. Qu'elle lui raconte tout ce qu'il avait manqué par le fait de n'avoir pas eu le courage de l'épouser, *elle*.


Lady Susan avait donc retrouvé sa fille tout juste après sa promenade et c'est sur un ton quelque peu gêné qu'elle s'était adressée à elle.

— Violet, pourrais-je vous toucher deux mots ?

— Oui, maman ! Que se passe-t-il ? répondit Violet en reposant le livre qu'elle lisait tout en se disant que sa mère la prénommait à nouveau et que de fait, cela n'était sûrement pas très bon pour elle.

— Je viens d'avoir une invitation pour ce soir et je me demandais si cela ne vous dérangerait pas de manger à nouveau toute seule.

— Mais non, ma chère mère ! Je mangerai comme ce midi dans la cuisine avec Mme Edwige, annonça-t-elle avec entrain, rassurée de ne pas être la cause du tourment de sa mère. Et chez qui devez-vous vous rendre, ma petite maman ? ajouta-t-elle avec un large sourire.

— Le duc m'a conviée à dîner.

— C'est formidable, maman ! s'exclama Violet en se relevant du fauteuil moelleux dans lequel elle s'était installée pour lire.

— Vous ne trouvez pas que je vais un peu trop vite. Peut-être devrais-je déplacer ce dîner à dans quelques jours ? Ou bien…

— Non, maman ! Je vous l'interdis ! Et vous devriez aller vous changer si vous ne voulez pas être en retard, déclara Violet en prenant sa mère dans ses bras.

Cette dernière serra sa fille contre son cœur avant de l'embrasser sur la joue.

— Eh bien, soit ! répondit lady Susan en se détachant des bras de sa fille pour monter le grand escalier afin de se rendre dans ses appartements.

Violet resta seule dans le salon. Elle était heureuse de voir sa mère si troublée par cet amour de jeunesse. Toute joyeuse, elle fit un tour sur elle-même, et s'en alla prévenir la cuisinière qu'elle dînerait encore avec elle.

*« Et je reste bien navrée de vous apprendre, ma chère amie, que lady Violet va profiter de ce repas pour faire avaler à Mme Edwige d'autres boniments sortis tout droit de son fertile esprit… »*

## Chapitre 11

*Orphelinat d'Abingdon, jeudi 9 mars 1899*

Violet avait entrepris de commencer les travaux dans le dortoir des enfants. Après plusieurs allers-retours entre Little Wittenham et Abingdon, elle avait réussi à trouver assez de personnes pour exécuter ces durs labeurs. Aussi, arriva-t-elle ce matin même avec tout le personnel requis, suivi de près par sa mère. Cette dernière avait une longue liste entre les mains et s'apprêtait à cocher au crayon noir, tout ce que Violet lui dicterait. Sœur Anne les attendait à l'office et leur avait préparé un thé comme à chaque fois que ces dames s'étaient présentées à l'orphelinat, tandis que de son côté, la révérende mère finissait de déplacer avec les autres sœurs les affaires des enfants. Ces derniers se trouvaient déjà tous dans la salle principale de l'orphelinat à l'abri des travaux, un verre de lait de poule entre leurs petites mains potelées, surveillés par l'œil vif de sœur Thérèse. Une fois les missions de chacun distribuées, Violet et sa mère rejoignirent les religieuses à l'office et prirent un thé avec ces dernières. L'heure tourna et Violet n'y tenant plus rejoignit, comme à son habitude, les petits. Elle s'occupa d'eux pendant que sa mère poursuivait sa discussion avec les religieuses. Lady Susan avait dans l'idée d'aider sa fille à mener à bien ses projets et si la religieuse acceptait de répondre à ses questions, elle pourrait ainsi se rendre utile.

— Révérende mère, je voulais savoir combien d'enfants sont encore ici.

— Eh bien, attendez une minute et je vous dis cela.

La religieuse ouvrit un tiroir et ressortit tous les dossiers des enfants.

— Voilà ! Ces deux-ci, dit-elle en mettant de côté deux dossiers, ont été adoptés il y a deux mois.

Et tout en comptant les dossiers restants, elle lui donna le nombre en la fixant.

— Ils sont donc encore vingt-sept. Quinze garçonnets et douze fillettes, précisa-t-elle en tapotant le pouce sur ses lèvres ridées.

Lady Susan annota ces informations sur sa liste tandis que la religieuse patientait pour la questionner à son tour.

— Ma fille, pour quelles raisons vous est-il nécessaire de connaître le nombre d'enfants ?

— Eh bien, voilà, ma Mère ! Je compte demander à ma couturière de confectionner des vêtements pour tous ces petits anges.

— Oh, comme cela est bien aimable à vous, lady Susan ! s'exclama sœur Blanche.

— Oui, je suis bien d'accord avec vous, ma Sœur, rétorqua la révérende mère avec un sourire. Ils vont être beaux dans ces habits neufs et peut-être que cela incitera le peu de visiteurs que nous avons, à bien vouloir se lancer dans une adoption.

— Oui, ce serait formidable, n'est-ce pas ? demanda lady Susan. Imaginez qu'une fois qu'ils seront tous habillés de propre, nous organisions une grande journée pour l'adoption ! Cela serait un très bon moyen pour faire venir de futurs parents ! Qu'en pensez-vous, ma Mère ?

— Voilà une très bonne idée ! s'exclama la mère Constance.

— Je suis bien heureuse de voir qu'elle vous agrée ! Il ne nous reste plus qu'à annoncer cette bonne nouvelle à ma fille et aux enfants, dit-elle en se relevant de sa chaise. Venez ! Allons voir en même temps où en sont les travaux de réfection, tonna lady Susan suivie de toutes les sœurs.

Elles retrouvèrent Violet qui avait, à l'égard des enfants, toujours le même entrain pour jouer. Lady Susan lui annonça sa généreuse idée et Violet étreignit les mains de sa mère en signe de joie.

C'était une si belle idée !

Comment n'y avait-elle pas pensé plus tôt ?

Heureusement que sa mère avait toujours une très bonne idée qui traînait dans le coin de sa tête !

L'heure de déjeuner avait déjà sonné quand mère et fille s'en étaient retournées chez elles, le même formidable sourire scellé sur leurs jolies bouches. Lorsqu'elles arrivèrent à Little Wittenham, elles prirent leur déjeuner dans une joie non cachée. Et en tout début d'après-midi, elles étaient toutes deux installées dans le bureau de lady Susan, à faire une liste de toutes leurs connaissances qui pourraient adopter un enfant. Elles envoyèrent également quelques petits plis demandant à chaque destinataire, s'il avait connaissance de couples ou de familles qui accepteraient d'adopter des enfants. Une fois tous ces envois faits, elles prirent un thé tranquillement, fatiguées d'une telle journée. Leurs cœurs étaient tellement remplis de joie qu'elles s'en trouvaient, en fin de journée, complètement épuisées.

*« Qui disait, ma chère amie, que les Dames de la haute passaient leurs journées dans une grande oisiveté… »*

*« Qui disait, ma chère amie, que les Dames de la haute passaient leurs journées dans une grande oisiveté… »*

## Chapitre 12

*Milton, mercredi 15 mars 1899*

Quelques jours avant ce mercredi, lors de sa première soirée passée avec Clive, Susan avait été comblée. Non seulement elle avait retrouvé l'être de son cœur, mais, qui plus est, il ne l'avait pas rejetée comme elle avait pu se l'imaginer lorsqu'elle lui avait annoncé que Violet était sa fille. Clive était depuis empressé de connaître plus personnellement cette enfant issue de sa chair. Susan s'en était vue transporter autant de joie que d'angoisses, car il lui fallait maintenant prévenir Violet. Elle ne savait toujours pas comment s'y prendre, alors au fil de leur rendez-vous, elle avait demandé à Clive de patienter encore un petit peu. Il lui avait bien entendu accordé ce souhait tout en lui dispensant un nouveau baiser.

Depuis leur arrivée en Angleterre, lady Susan et sa fille n'avaient cessé de recevoir diverses invitations. Il n'y avait donc aucune raison pour que cela change. C'est ainsi qu'elles avaient accepté de se rendre à un bal chez la comtesse de Malmsbury, lieu où toute la bonne Société allait se retrouver. Clive faisait partie de ces convives et attendait impatient le soir du bal, tel un jeune débutant. Il se sentait léger et heureux, car lors de cette soirée, il avait prévu de profiter autant de Susan que de *sa* fille, Violet.

Un nombre insensé de personnes s'était effectivement rendu à ce fameux bal. La salle était surchauffée, et champagne et vin coulaient à flots. Violet était arrivée une heure plus tôt et avait retrouvé son amie Juliette avec qui elle était déjà en grande conversation. Elles regardaient toutes deux la piste de danse gigantesque sur laquelle une foule d'invités dansait. Et plus les minutes passaient, et plus le sol de marbre de forme circulaire se chargeait d'autres danseurs enthousiastes et fort bruyants. Comme elles n'arrivaient plus à converser, elles décidèrent de se rendre au salon pour dame.

Ici, il y avait décidément trop de monde !

Juliette se fit inviter au moment même où elles allaient franchir toutes deux le seuil de la pièce qu'elles quittaient. Un jeune blondinet était arrivé et s'était positionné devant elle, la faisant rougir fortement. Elle jeta un coup d'œil à Violet qui, tout en lui souriant en retour, lui fit un signe de tête afin que cette dernière accepte l'invitation qui venait de lui être faite. Juliette attrapa le bras que lui tendait le jeune homme et c'est d'un air joyeux qu'elle s'en alla danser un quadrille avec celui-ci. Violet conserva son merveilleux sourire lorsqu'elle entama son demi-tour afin de poursuivre son chemin. Dans son élan, elle se cogna à un homme.

Enfin ! Pas n'importe lequel...

— Edw... Lord Edward ! ajouta-t-elle rapidement en baissant les yeux.

— Lady Violet, quel plaisir ! dit-il en attrapant sa main qu'il porta à ses lèvres tendrement.

Tout en relevant son visage, elle lui répondit la bouche un peu pincée.

— Plaisir ?

— Oui, plaisir..., répondit-il langoureusement.

Sa réponse lui donna une émotion si forte qu'elle ressentit une rougeur vive lui monter au visage. Ce qui laissa présumer à Edward qu'il ne lui était pas *si* indifférent qu'elle voulait bien le lui faire entendre. Son émotion, comme d'habitude, se reflétait dans son beau regard violet. Restée interdite, il poursuivit seul la conversation.

— Encore en train de vous interroger vous-même, Milady ? murmura-t-il à son oreille.

Malgré le trouble dans lequel cela la plongea, elle lui répondit d'un ton vif.

— Non !

— Non ?

— Oh, que vous êtes agaçant, Monsieur !

— Au moins, avons-nous ce point en commun, Milady ! répondit-il avec un merveilleux sourire.

— Je vous agace ? s'entendit-elle lui demander avant d'essayer de le contourner pour échapper à sa réponse.

— Oui, car j'ai très envie de vous embrasser, réussit-il à lui dire dans un souffle.

— Vraiment ? répondit-elle à voix basse ne se tournant qu'à demi vers lui.

— Vraiment !

— Et croyez-vous *vraiment*, Monsieur, que je vous autoriserai encore à me piéger comme dans le sous-bois, pour ce faire ? lâcha-t-elle toujours d'un timbre de voix basse tout en rebroussant son chemin afin de se positionner en face de lui.

— Hmm. Eh bien, du moins, Milady, c'est bien ce que j'espère...

Il fut sûr qu'à ce moment-là, il n'avait qu'une seule envie : c'était de l'attraper entre ses bras, de l'emporter avec lui loin de cette foule, et de l'embrasser jusqu'à en perdre son souffle. Malgré la colère dirigée contre lui-même quelques jours plus tôt, il ne pouvait s'empêcher de penser à elle à chaque instant. Chacune de ses pensées était enrobée par le souvenir de cette femme, incroyable et si rebelle. Tellement qu'il ne sortait presque plus avec son ami d'enfance lord Manton. Qui plus est, il s'arrangeait pour assister aux seules réceptions auxquelles Violet était conviée. Il y avait d'ailleurs, un long moment qu'il n'avait pas remis les pieds en ville. Pour le reste, il se contentait de promenades en forêt avec toujours l'espoir de croiser la belle célibataire au caractère si emporté. Aussi, l'embrasser était devenu une *panacée* dont il avait un mal fou à se passer. Et il était certain qu'elle en avait tout autant envie que lui, même si elle s'obstinait à lui dire le contraire.

Durant leur échange verbal, un jeune homme s'était approché d'eux pour inviter Violet à danser. Malgré le regard foudroyant que lui lança Edward, le jeune homme se lança dans sa demande.

— Lady Violet, accepteriez-vous cette...

Tout en fixant Edward, elle coupa la parole au jeune homme, avec un sourire chaleureux.

— Bien sûr que j'accepte, Lord Byron ! répondit-elle en posant son bras sur celui du jeune homme.

Et tout en passant devant le nez d'Edward, elle lui souffla ceci :

— Eh bien, espérez, Monsieur, parce que c'est tout ce que vous aurez dorénavant de moi...

Et elle suivit l'élégant jusqu'à la piste de danse où elle arbora un sourire qui magnifia encore plus son visage. Dans sa colère, Edward, furieux, bouscula par mégarde un couple. Tout en quittant la salle en jurant à voix basse, il avait tout de même pris le temps de s'excuser de sa maladresse.

Violet avait accepté plusieurs danses avant de s'arrêter. Elle rejoignait les tables des rafraîchissements quand *son père* l'interpella.

— Lady Violet ! Accepteriez-vous de prendre l'air avec moi ?

Elle était ravie que le duc vienne à elle car, ainsi, elle pourrait lui souffler discrètement deux mots sur le fait que sa mère soit toujours fortement éprise de lui.

— Avec plaisir, Votre Grâce ! répondit-elle, enthousiaste.

— Ne pourrions-nous pas être un peu moins conventionnels, Lady Violet, et que vous m'appeliez Lord Pembroke ? demanda-t-il avec le sourire.

Elle acquiesça du chef, heureuse de le sentir si proche de sa petite famille. Pendant qu'ils s'en allaient tous deux sur une terrasse, lady Marjorie — qui avait également été conviée au bal — s'étrangla presque lorsqu'elle les vit ensemble. Ils avaient la même allure, le même port altier. Et lorsqu'elle les vit rire ensemble, d'un même grain de voix, la rage l'étouffa presque !

Il était temps qu'elle mette en œuvre sa vengeance…

— Vous plaisez-vous en Angleterre, Lady Violet ? demanda-t-il.

— Oui, énormément, Lord Pembroke. Et maman aussi ! ajouta-t-elle en souriant.

Clive la fixait du regard.

Comment avait-il pu manquer ce détail ?

Elle avait les mêmes yeux que lui. C'était si évident et, à la fois, si perturbant. Il avait tant envie de la prendre dans ses bras et de la serrer contre son cœur comme le père aimant qu'il deviendrait sûrement dans les prochaines semaines, dès qu'elle aurait connaissance de toute la vérité sur sa naissance. Ils poursuivirent une discussion courtoise et agréable lorsqu'après plusieurs minutes, lady Susan les interrompit.

— Maman ! Vous voilà ! Nous parlions justement de vous.

— De moi ? Et pourquoi donc, Violet ?

Houlala ! Voilà que lady Susan prénommait de nouveau sa fille.

Était-ce bon signe ?

— Oui, ma chère amie, rétorqua avec un sourire lord Pembroke. Je disais à votre fille, à quel point je suis enthousiaste de vous avoir retrouvée ! Ce qui, a priori, ne dérange pas *notre* Violet.

Houlala ! Voilà que lord Pembroke accaparait déjà la possession de sa fille...

Mais qu'arrivait-il à *ses* parents ?

— M'accorderiez-vous cette danse, Lady Susan ?

Cette dernière, gênée devant sa fille, hésita à poser sa main sur l'avant-bras de Clive. Violet fixa sa mère tout au plus une seconde avant de répondre spontanément à sa place.

— Maman, acceptez ! Je vois que mon amie Juliette est à nouveau libre. Alors..., je file ! leur déclara-t-elle en joignant le geste à la parole, tout en laissant échapper de sa bouche un joli rire cristallin.

Avec un merveilleux sourire accroché à ses lèvres, Clive se dirigea avec Susan sur la piste de danse. Leurs regards s'accrochèrent et ne se lâchèrent plus de toute la soirée...

Edward, qui était parti faire un tour dans le parc pour prendre l'air et calmer quelque peu sa ferveur — que Violet s'amusait inlassablement à ébranler —, revenait justement dans la grande salle de bal. Il balaya l'endroit du regard, se demandant bien où la créature de sa discorde pouvait bien se cacher, puisqu'il ne l'avait pas revue alors qu'une bonne heure s'était déjà écoulée.

Toutefois, si à cet instant il ne la vit pas, il l'entendit !

Il reconnut instantanément ce petit rire cristallin qui n'appartenait qu'à elle. Il se dirigea d'un pas conquérant vers cet éclat et accrocha son bras au sien lorsque sur son passage, il la retrouva. Surprise, Violet allait lui répondre sur sa façon incongrue d'agir quand lady Marjorie arriva à leur hauteur.

— Voyons, voyons ! Qui avons-nous là ? leur dit-elle en se positionnant juste devant Violet dans une posture altière.

— Lady Marjorie ! salua froidement cette dernière.

Edward, surpris par le ton de sa compagne, salua tout de même lady Marjorie comme l'on salue une femme de son rang. Celle-ci en profita pour délaisser du regard Violet et plonger le sien dans celui d'Edward qu'elle accompagna d'un sourire affable.

— Mon Cher, avez-vous vu ma Lavinia ? Elle s'épanouit de jour en jour ! Ne trouvez-vous pas qu'elle est devenue une belle jeune femme ? demanda-t-elle sur un ton des plus mondains.

— Oui, en effet, ne sut que répondre ce dernier, tout aussi impoli que la jeune femme, tant il était surpris par la froideur qui les enclavait.

Peu satisfaite par le manque d'enthousiasme que lui présenta Edward, lady Marjorie décida de piquer au vif Violet.

— Je vois que vous aimez courir plusieurs lièvres à la fois, ma chère ! lâcha-t-elle en s'éventant le visage avec un fort joli petit éventail en ivoire garni d'une soie sur laquelle une petite scène bourgeoise était peinte.

— Que voulez-vous dire ? l'interrogea Violet d'une voix mourante, tout en ne comprenant absolument pas l'insinuation que cette dernière venait de lui faire.

— Je vous rappelle, jeune fille, que je suis comtesse ! Vous feriez bien de ne pas négliger ce fait et de ne pas oublier où se trouve votre rang ! s'exclama perfidement lady Marjorie tout en refermant dans un petit bruit sec son éventail avant de s'en frapper avec, le creux de la main.

Violet déglutit soudainement de se faire rabrouer effectivement comme une jeune fille. Jamais on ne s'était adressé à elle de cette façon en lui faisant savoir qu'elle n'était pas du même rang que ses connaissances. En France, elle n'avait jamais eu affaire à ce genre de détail. Edward, tout aussi surpris que Violet, sentit son sang faire un tour dans son corps. Tandis qu'il s'apprêtait à remettre lady Marjorie à sa place, cette dernière poursuivit, sans aucune gêne, la conversation auprès de Violet, la faisant ainsi ressortir de ses réflexions silencieuses.

— Et pour répondre à votre interrogation, sachez que je vous ai vue tout à l'heure sur la terrasse, seule avec le duc ! Et maintenant, vous êtes pendue au bras de Lord Edward. Je me demande bien qui sera le prochain…, laissa-t-elle entendre perfidement sans prendre la peine d'attendre une réponse de sa part.

Elle tourna les talons et s'en alla trouver d'autres personnes vers lesquelles elle commencerait à diffuser la rumeur que lady Violet était intéressée par le duc. Et même si ce dernier était veuf depuis plusieurs années, la jeunesse de Violet ferait certainement jaser. Surtout si elle arrivait à propager que celle-ci se donnait à lui et certainement à d'autres gentlemen.

Faire passer sa fille pour sa maîtresse, mais quelle idée splendide ! Elle n'en revenait toujours pas, d'avoir eu une telle pensée !

Edward, voyant que Violet était toujours troublée par les mots de lady Marjorie, attrapa la jeune femme par la main et l'entraina dans le jardin. Violet le suivit sans un mot. Ce qu'Edward trouva fort surprenant !

— Milady ! Dites-moi quelque chose, je vous en prie ! demanda-t-il en lui prenant les mains dans les siennes.

— Excusez-moi, Monsieur. Vous disiez ? le questionna-t-elle, tout en ressortant de ses pensées.

— Allez-vous bien, Milady ?

— Oui. Enfin, je crois, Monsieur. J'avoue que je n'ai pas compris l'insinuation de lady Marjorie.

— Moi non plus ! répondit Edward en faisant une grimace.

Celle-ci devait vraiment être drôle, car Violet éclata de rire. Ou bien peut-être, était-ce d'un rire nerveux ? Quoi qu'il en soit, Edward, quelque peu inquiet une minute auparavant, se détendit en la voyant dans cet état. Finalement, Violet s'arrêta de rire au bout d'un petit moment.

— Mais où sommes-nous ? demanda-t-elle en tournant sa tête à droite puis à gauche.

— Dans les jardins du comte de Malmsbury au vu de ces statues, répondit-il sur le ton de la confidence en désignant du doigt lesdites *œuvres*.

En effet, les jardins étaient envahis de statues érotiques et les buissons avaient subi une taille dans le même genre de thème.

— Et pourquoi sommes-nous ici, Monsieur ? poursuivit Violet.

— Eh bien, Milady ! Il me semblait plus prudent de vous emmener prendre l'air. Qui plus est, je voulais vous voir. Seule.

— Seule ?

— Oui.

— Seule ? insista-t-elle.

— Allez-vous répéter chaque mot que je vous dis, Lady Violet !

— Si j'en ai l'envie, qui pourrait bien m'en empêcher ? Vous, Monsieur ?

— Ne me tentez pas, Milady !

— Vous tenter ! Mais vous rêvez tout éveillé, mon cher ! Je ne compte pas encore me retrouver piégée dans vos bras, répondit-elle, en rougissant fortement au souvenir de son corps si musclé et de ses mains qui l'avaient tant émoustillée quelques jours plus tôt.

— Hmm…

— Hmm, quoi ?

Elle jouait assurément avec le feu !

— Vous recommencez, Milady !

— Je ne recommence rien du tout puisque rien n'a commencé entre nous, Monsieur, lui signifia-t-elle avec un petit reniflement qu'il trouva adorable.

— Vous avez les joues si roses. Auriez-vous mangé des boutons de rose, Milady ?

— Des boutons de rose. Rien que cela ! Si vous n'avez pas autre chose de plus intéressant à me dire, je préfère encore m'en aller, lui lança-t-elle au visage tandis que son cœur faisait des bonds dans sa poitrine aux si jolis mots prononcés.

Elle se dégagea de ses mains qu'il tenait toujours entre les siennes et tourna les talons, un sourire aux lèvres malgré elle, qu'Edward ne put apercevoir. C'est avec des pensées joyeuses en tête qu'elle s'enfonça dans les jardins. Il la regarda s'éloigner avant de se dire qu'elle pourrait se retrouver en danger en s'en allant seule dans le noir. Les jardins devaient abriter quelques hommes venus s'acoquiner avec des femmes entreprenantes.

Seulement, même si Violet ne faisait pas partie de cette catégorie de femmes, le fait pour elle de se retrouver seule dans les jardins pourrait laisser supposer le contraire…

Il la rattrapa en à peine cinq pas et se saisit de sa main. Elle se dégagea et allait l'envoyer se promener ailleurs quand, avec soudaineté, ce dernier déposa rapidement, mais avec douceur, son autre main sur sa bouche, l'empêchant ainsi de parler. Il la fixa afin de la rassurer et lui montra du doigt, les deux messieurs qui se dirigeaient vers eux. Il ôta la main de sa bouche et attrapa de son autre main, la sienne. Il l'entraina derrière un petit bosquet dans lequel il se cacha tout en emprisonnant entre ses bras la jeune femme afin de la protéger de la vue des deux hommes. Ces derniers ne se trouvaient plus qu'à deux mètres d'eux. Violet avait son pouls qui s'était emballé lorsqu'elle avait senti le corps d'Edward s'appuyer contre son dos. Il descendit ses bras, qu'il avait mis autour de ses épaules, et lui enlaça la taille. Elle se sentit toute chose, malgré la peur d'être découverte par les deux messieurs qui semblaient ne pas avoir l'envie de bouger de l'endroit où ils étaient en train de discuter. Finalement, ils se déplacèrent et Edward relâcha Violet. Elle allait sortir de leur cachette au moment même où les deux hommes, qui avaient fait demi-tour, se dirigèrent à nouveau vers eux. Elle retourna rapidement sur ses pas et Edward l'attrapa aussitôt au creux de ses bras. Elle s'y trouva blottie et se sentit si aise qu'Edward l'étreignît un peu plus contre lui. Violet poussa un léger soupir en trouvant le corps d'Edward si chaud et si ferme. Elle n'avait plus aucune envie de bouger. Elle sentit soudain le cœur d'Edward cogner contre sa poitrine. Elle releva la tête et il plongea son regard dans le sien. Dès lors, leurs souffles se mêlèrent avant qu'Edward ne prenne sa bouche dans un baiser contenu. Il en avait eu l'envie dès l'instant où il l'avait vue ce soir, et encore plus lorsqu'elle l'avait éconduit. Et là, maintenant, elle était toute à lui. C'est pourquoi il profita de ce baiser, qu'il intensifia, le prolongeant même, puisqu'elle aussi ne semblait pas vouloir l'arrêter. Il se détacha de ses lèvres et poursuivit sa course dans le cou de la jeune femme. Il la sentait complètement abandonnée entre ses bras, à sa merci. Malgré tout, il ne profiterait pas de la situation en allant au-delà de la frontière désirée par son corps si masculin. Il l'embrassa sur le haut de sa gorge qui se soulevait dans un rythme haletant. Lorsqu'il posa l'une de ses mains sur sa poitrine, Violet se rendit compte tout à coup de ce qu'elle faisait.

Ou, plutôt, de ce qu'il lui faisait !

Elle le repoussa brutalement le faisant sortir de l'état sensationnel dans lequel il était plongé depuis plusieurs minutes.

— Vous n'êtes qu'un mufle !

— Moi ? Je vous signale, Milady, que je ne vous ai pas contrainte à m'embrasser !

— Oh, que vous êtes agaçant, Monsieur, de ne jamais comprendre du premier coup ! Ce n'est que la peur qui m'a fait agir de la sorte ! Vous le savez fort bien !

— Je le sais fort bien ? J'espère que vous plaisantez, Milady ! Vous ne sembliez pas avoir peur de quoi que ce soit. Qui plus est, il vous aura fallu du temps pour me repousser. Si cela vous déplaisait tant, pourquoi avoir attendu si longtemps pour me le faire savoir ?

Ne sachant plus trop que lui répondre, et se sentant toujours envahie d'émotions contraires et de pensées contradictoires, elle ne trouva que ces mots à lui jeter à la figure :

— Bonne nuit, Monsieur !

— Réellement, bonne nuit ?

— Oui, bonne nuit !

— Est-ce que cela ne voudrait pas dire l'inverse de ce que vous pensez, Milady ? demanda-t-il d'un ton taquin. Une envie de rester, ici, avec moi…

— Non ! Bonne nuit, veut dire bonne nuit, Monsieur !

— Bien ! Si c'est cela ! Alors, bonne nuit, Lady Violet ! s'écria-t-il, horriblement frustré tout à coup.

— Oui ! C'est cela ! Bonne nuit ! s'écria-t-elle à son tour, tout en reprenant le chemin de la salle de bal.


*« Heureusement pour eux, ma chère amie, que le temps s'était écoulé laissant ainsi les jardins se vider de leurs promeneurs, sans plus de témoin pour assister à ce drôle de jeu auquel, décidément, ils aimaient tant jouer ! »*

# Chapitre 13



*Orphelinat d'Abingdon, lundi 20 mars 1899*

Violet s'était rendue à l'orphelinat, toujours accompagnée de sa mère. Elles s'y rendaient ensemble dès qu'elles le pouvaient. Et les dons restaient affluant pour la plus grande joie de tous. Elle n'avait pas encore décidé de parler à Edward de cette passion qu'elle avait : les enfants. D'autant que converser sur un tel sujet avec lui était certainement voué à semer encore plus de discorde entre eux.

— *Pourquoi lui en toucherais-je un mot puisque de toute façon, il n'arrive jamais à être d'accord avec moi ?*

C'est avec cette pensée qu'elle avait passé le pas-de-porte de l'orphelinat. Lorsqu'elle s'était retrouvée entourée par ses petits amis, plus rien ne vint importuner son esprit et c'est avec une joie débordante qu'elle s'amusa avec eux. Violet était plongée dans un fou rire contagieux quand la mère Constance arriva et demanda un entretien privé à lady Susan. Cette dernière la suivit jusqu'à son bureau où, une fois la porte fermée, la révérende mère lui apprit une nouvelle des plus déconcertantes.

— Comment cela, ma mère ? Ils ne peuvent pas fermer cet établissement ! s'insurgea lady Susan.

— Ils ne m'ont pas laissé le choix, ma fille. L'orphelinat coûte trop d'argent à la Cour et ces *messieurs* estiment qu'ils n'ont aucun intérêt à le conserver.

— Mais tous les dons que nous recevons ! Ils suffisent, non ? s'exclama lady Susan complètement retournée par cette mauvaise nouvelle.

— Eh bien non, ma fille ! Mais sachez que cela leur amènera de la douceur avant le désespoir.

— Je pourrai en toucher deux mots à un ami, songea lady Susan en pensant à Clive.

— Je crains que cela soit inutile, Lady Susan. Leur décision est déjà prise et les papiers me sont parvenus hier, déjà validés également par l'Église, sans pouvoir opposer une seule objection. D'ailleurs, ils n'ont pas pris en compte mon courrier dans lequel je leur expliquais, il y a déjà plusieurs semaines, que c'était une erreur de fermer cet établissement. Mais le Diocèse a trop à gagner en récupérant cet endroit. L'orphelinat et le terrain ont déjà été vendus avant même que j'en sois mise au courant. Je ne suis qu'une servante de Dieu, Lady Susan, et je n'ai aucun moyen de les contrer tous, ajouta la religieuse avec la gorge serrée de n'avoir pas été sollicitée au premier chef dans cette affaire.

Désemparée par cette injonction émanant autant de la Couronne que de l'Ordre religieux, lady Susan décida de ne pas baisser les bras.

— Et que vont devenir tous ces enfants ? Nous n'avons même pas encore reçu toutes les réponses d'adoption. Et vous-même, et les sœurs ? Dites-moi que je peux faire quelque chose !

— Malheureusement, il n'y a rien à faire. Les enfants qui ne seront pas adoptés d'ici là vont être éparpillés dans le Peak District et nous autres serons amenées à prendre nos fonctions dans d'autres lieux.

— *Seigneur ! Violet ! Comment lui apprendre cette mauvaise nouvelle ?* songea lady Susan. Ma Mère, je vous en prie, ne dites rien encore à ma fille. Et les enfants, sont-ils au courant ?

— Non pas encore, répondit la religieuse d'un ton un peu blasé.

Du fait de son âge avancé, elle avait déjà vécu plusieurs fois cette situation. Elle savait qu'il n'y avait rien à faire et que si le Seigneur lui prêtait encore quelques années, elle verrait à nouveau cette désolation sur le visage de ceux qui rendaient visite aux orphelins.

Ainsi allait la vie !

— Quand doit avoir lieu… ? demanda lady Susan sans pouvoir finir sa phrase.

— Dans un mois… Peut-être deux.

— Eh bien ! Cela nous laisse tout juste le temps de modifier nos plans. Nous pourrions transformer la journée d'adoptions que nous avions prévue en une grande fête pour les enfants, si vous le voulez bien, révérende mère !

— Oui, en effet, cela leur donnera de bons souvenirs.

— Oui, en effet ! Allons ! Retournons les voir sans rien laisser paraître, car nous sommes venues aujourd'hui pour leur montrer notre gaieté et leur donner le sourire ! s'exclama lady Susan avec soudainement une forte envie de pleurer malgré tout.

Ce qui ne lui était pratiquement pas arrivé depuis des années. Bien qu'elle fût encore dans un âge tendre lorsqu'elle était devenue l'épouse de Mr. Templeton, son émotivité et sa fragilité s'étaient envolées, à peine ses vœux prononcés. Dès lors, elle s'était *vêtue* d'une carapace qui, malgré une douceur et une tendresse présentes, ne lui avait plus jamais permis de laisser ses émotions la traverser. Et voilà que depuis qu'elle avait revu Clive, la moindre contrariété semblait la toucher au point de lui faire couler les larmes. Elle avait l'impression d'avoir à nouveau dix-sept ans. Et elle ressentait toutes ces émotions batailleuses dans son corps qu'elle retenait avec beaucoup de difficultés.

Après s'être tamponnée les yeux avec son mouchoir, lady Susan rejoignit Violet qui entamait une large ronde avec tous les enfants. Violet leur fit des adieux fort courts, puis mère et fille quittèrent l'orphelinat. Elles remontèrent dans le fiacre qui les avait attendues et la voiture s'ébranla doucement sur les paroles joyeuses de Violet.

— Maman, c'était fantastique ! Ils sont si attachants ! Certains n'ont même pas encore assez de vocabulaire pour s'exprimer ! Si tu avais vu leurs mimiques quand je me suis mise à faire une galipette, maman ! C'était trop drôle lorsqu'ils ont tous voulu m'imiter ! On aurait dit de petits escargots ! Oh, comme je suis heureuse, maman !

Il n'en fallut pas plus à lady Susan pour laisser émerger son chagrin.

— Maman ! Qu'est-ce qu'il vous arrive ? Parlez-moi, je vous en prie ! s'écria Violet, tout à coup inquiète devant les larmes de sa mère.

— Oh, ma fille ! Comme vous m'en voyez navrée.

Lady Susan expliqua à sa fille ce qu'il allait advenir de ses petits protégés. Instantanément, une douleur se propagea dans ses entrailles. Une douleur si forte que Violet se mit à trembler. Malgré toutes les idées qui lui fusaient en tête, sa mère lui confirma qu'il n'y avait vraiment rien de possible à faire pour changer ce fait.

Une fois rentrée, Violet ne toucha pratiquement pas à son dîner et sa mère, malheureusement, l'imita. Elles avaient toutes deux, le cœur meurtri. Violet avait promis tant de choses aux enfants et elle n'aurait même pas le temps de le faire. Et le Peak District était si éloigné de leur demeure qu'elle ne pourrait jamais s'y rendre, elle le savait. Elle se coucha ce soir-là, le cœur en peine. Elle attrapa son livre posé sur sa table de chevet et à peine ouvert, elle le referma dans un claquement sourd. *Persuasion* n'était décidément pas le meilleur livre de Miss Austen à lire ce soir. Le cœur n'y était pas. Elle papillonna des yeux avant de les refermer, mais elle ne put retenir les quelques larmes qui s'en échappaient. Elle avait trop mal, il lui fallait avoir de bonnes pensées pour lui ôter toute cette peine qui semblait vouloir rester logée dans son cœur. C'est à ce moment-là, lorsqu'elle referma les yeux, que le visage d'Edward lui apparut.

*« Et je peux vous assurer, ma chère amie, que cette fois-ci, elle ne remua pas la tête afin de le chasser. Bien au contraire, ce doux visage lui apporta le réconfort nécessaire pour qu'elle s'endorme le cœur un peu moins triste… »*

# Chapitre 14

*Long Wittenham, mardi 28 mars 1899*

Lord Somerford devait se rendre en France dans deux jours. Il avait demandé à son fils, durant le dîner, que celui-ci l'accompagne, comme cela lui était déjà arrivé par le passé. Edward, contrarié par cette demande, s'était confronté à son père, car il ne souhaitait pas faire ce voyage. Son père s'opposa à son refus et ne lui laissa pas le choix. Il avait besoin de lui pour une affaire importante. Qui plus est, il lui avait exprimé, sur un ton implacable, l'insignifiance de ce qu'étaient quelques jours dans la vie d'un homme, plutôt encore jeune. Ils seraient absents tout au plus, deux ou trois semaines. Son fils pouvait donc bien accorder ce temps à son *vieux* père…

Le lendemain matin, Edward s'en alla de bonne heure dans le sous-bois comme à son habitude. Accompagné de son chien Bandit, il marchait d'un pas décidé, qui n'avait rien de commun avec l'allure d'une promenade. La colère qui l'avait envahi la veille au dîner, l'avait accompagné toute la nuit durant et n'était pas près de refluer ce matin.

Il ne voulait pas partir. Pas maintenant. Jamais d'ailleurs ! Tant qu'il ne se serait pas déclaré auprès de Violet, il ne voulait surtout pas la quitter.

Et justement, cette dernière était en train de ramasser des fleurs sauvages. Il devait voir rouge, car ce fut elle qui le vit en premier.

— Où vous rendez-vous, Monsieur, d'un pas si décidé ? demanda-t-elle d'une voix mesquine.

— En France ! répondit-il sans prendre le temps de s'arrêter à sa hauteur.

Puis il s'aperçut que c'était Violet qui lui avait crié ces mots. Il lui lança un regard, mais continua à marcher d'un pas toujours aussi décidé. Il était encore trop contrarié pour entamer une conversation polie et ne voulait surtout pas blesser la jeune femme qui lui faisait battre le cœur à foison par des paroles qu'il pourrait lui dire par inadvertance.

— En France ? répéta-t-elle en laissant tomber à ses pieds le bouquet de fleurs qu'elle avait cueilli. Mais pour quelle raison, Monsieur ? le questionna-t-elle, tout en courant après lui.

— Parce que mon père l'exige, Milady ! répondit-il en stoppant net le pas.

Violet qui essayait de marcher d'un pas aussi rapide que le sien, afin de le rattraper, le percuta de plein fouet lorsqu'il s'arrêta.

— Ouïe ! s'écria-t-elle lorsqu'elle tomba en arrière sur son postérieur en portant la main à son visage.

Ce dernier, surpris, n'avait pas eu le temps de la rattraper lorsqu'elle avait percuté son dos de pleine face. Elle se frotta le menton ainsi que le bout de son nez tout rougi. Elle n'avait rien de bien méchant, mais cela fut quelque peu douloureux, tout de même. Il se baissa auprès d'elle et attrapa entre le pouce et l'index le menton de la jeune femme.

— Allez-vous bien, Milady ? Parlez-moi, je vous en prie.

Elle avait les yeux légèrement embués par le coup reçu sur le nez. Elle n'avait qu'une envie et c'était de pleurer. Il allait partir en France, dans son pays à elle, et elle ne serait même pas avec lui ! Qui plus est, elle était à quelques jours de son anniversaire et elle s'était fait faire une nouvelle robe pour cette soirée qu'elle attendait avec impatience. Et voilà qu'il ne la verrait même pas dans celle-ci. Et là, non plus, elle ne serait pas avec lui ! Soudain, elle se rendit compte qu'elle tenait à lui bien plus qu'elle ne voulait se l'avouer.

— Vous ne serez donc pas présent pour ma fête d'anniversaire !

Et sans lui laisser le temps d'une réponse, elle poursuivit.

— Et pourquoi devez-vous me quit... partir, je veux dire ? se reprit-elle rapidement.

Cela suffit à faire comprendre à Edward qu'il ne lui était pas si indifférent qu'elle persévérait à lui démontrer le contraire. Bien qu'heureux de se rendre compte de ce fait, cela ne fît qu'empirer le mal-être que ce départ allait lui occasionner.

— Je pars demain, mais je serais absent tout au plus trois semaines, Milady.

— Tant que cela ! s'exclama-t-elle.

— Cela vous rend-il triste, Milady ?

— Pourquoi voulez-vous que cela me rende triste, Monsieur ? Je ne suis pas triste, je m'intéresse, voilà tout !

— Vous vous intéressez !

— Oui, je m'intéresse ! Uniquement par politesse, Monsieur !

— Bien !

— Bien !

— Voilà ! Vous recommencez à répéter ce que je dis !

— Mais pas du tout, Monsieur ! Et c'est vous d'abord qui êtes venu me déranger. Je cueillais tranquillement des fleurs dont je ne sais même pas ce que j'en ai fait, pour me retrouver sur ce sol humide avec le visage qui me fait mal, déclara-t-elle d'une voix mourante.

— Votre visage vous fait mal, Milady, s'inquiéta-t-il.

— Oui !

— Êtes-vous en train de pleurer ?

— Non ! Enfin, si ! Et laissez-moi tranquille maintenant...

Elle essaya de se relever, mais elle n'y arriva pas. Le chagrin semblait s'abattre d'un poids énorme sur ses fines épaules et elle n'arrivait pas à le chasser. Edward l'aida à se relever en lui attrapant les mains. Elle resta en face de lui sans bouger et se retrouva soudain dans ses bras. Il l'enlaça avant de se saisir de ses lèvres dans un baiser gourmand. Il l'embrassa d'une passion folle et elle s'abandonna entièrement sous cette délicieuse domination. Ils s'embrassèrent, s'embrassèrent, s'embrassèrent jusqu'au moment où Edward s'arrêta pour lui poser une question qui lui brûlait les lèvres.

Enfin, l'une des questions qui le tenaillait...

— M'attendrez-vous, Milady, durant mon absence ?

— Vous attendre ! Mais pourquoi, Monsieur ? Je ne compte pas me sauver, si c'est ce à quoi vous pensez ! répondit-elle en se dégageant de son étreinte.

— Non, je voulais savoir si vous aviez l'envie de m'attendre...

— Oh, cette attente-là ! Peut-être ? Je n'en sais rien après tout ! Vous m'agacez plus que vous ne m'attirez.

— Je vous attire ! s'exclama-t-il tout heureux.

— Non !

—Non ?

—Non !


*« Et de nouveau, ma chère amie, leur jeu de dispute trouva de lui-même son chemin… »*

Attisé par ses réponses mutines, il l'attrapa de nouveau entre ses bras et l'embrassa d'un baiser langoureux. Finalement avec le cœur heureux, il se détacha de *sa* belle.

— Vous m'attendrez, Milady, je le sais ! s'écria-t-il en marchant à reculons avec un formidable sourire sur sa jolie bouche.

Violet fit mine de s'essuyer la bouche avec le revers de sa main et s'écria à son tour :

— Qui voudrait d'un homme tel que vous ? Sûrement pas moi !

Et chacun d'eux rentra chez lui le cœur empli d'amour…


Cela faisait maintenant plusieurs semaines que Susan fréquentait Clive. Elle en avait discuté plusieurs fois avec son amie Shirley et avait même avoué à cette dernière qu'elle ne pourrait plus jamais vivre un seul jour sans le voir. Son amie, inquiète par le fait d'avoir son fils et son mari partis en France, s'était retrouvée envahie par l'enthousiasme de Susan, surtout lorsque celle-ci lui avait annoncé que Violet s'entendait fort bien avec Clive. Sur ces dernières paroles, elles s'étaient de nouveau quittées en s'étreignant comme deux sœurs…


Les jours s'écoulaient et, comme à leur habitude, Susan et Clive se promenaient dans la campagne qui bordait la demeure ancestrale des Pembroke. Tandis qu'ils marchaient main dans la main, le duc s'arrêta, stoppant par la même occasion, le pas léger de sa compagne. Il accrocha avec désir son regard lilas au regard bleu de sa bien-aimée. Toujours sans un mot et après avoir posé un genou à terre, il lui posa *la* question.

— Ma tendre Susan, accepteriez-vous de vous unir à moi ?

Susan interdite par cette déclaration avait les yeux qui s'étaient embués avant qu'elle ne se jette dans les bras de Clive et lui avoue les mots tant attendus.

— Oui, mon cher Clive ! Je vous aime et je crois bien avoir attendu assez longtemps pour vous entendre me le dire.

— Oui, plus de vingt-huit ans ! C'est bien assez ! Je vous aime, ma tendre aimée.

Après cet après-midi joyeux, lady Susan était rentrée chez elle d'un pas toujours aussi léger. Le cœur envahi d'un amour ardent, elle ne put attendre plus longtemps pour annoncer la bonne nouvelle à sa fille.

— Violet, j'ai quelque chose de très important à vous dire, annonça-t-elle d'un ton sérieux.

Décidément, elle devait être fortement troublée car, dernièrement, elle n'arrêtait pas d'appeler sa fille par son prénom…

— Oui, maman ! Dites-moi ? répondit Violet en mimant le large sourire que sa mère avait sur son beau visage.

— Lord Pembroke m'a demandée en mariage…

— Et ? demanda Violet en retenant son souffle.

— Et, je lui ai dit oui…

— C'est merveilleux, maman ! répondit Violet en se jetant dans les bras de sa tendre mère.

Elle appréciait énormément lord Pembroke, et l'avoir comme beau-père ne la dérangeait absolument pas. Elle avait perdu son père à l'âge de treize ans, et à partir de ce jour-là, elle avait vécu seule avec sa mère. Avoir un homme dans la maison ne leur ferait sans doute aucun mal, et Violet pourrait tout à fait s'y habituer. D'autant que sa chère mère trichait toujours lorsqu'elles jouaient ensemble aux échecs ou bien aux dés.

Peut-être que lord Pembroke n'avait pas ce défaut-là !


*« À bien y réfléchir, ma chère amie, je crois bien que notre lady Violet ne devait pas être mieux que sa mère quand elle voulait absolument gagner aux jeux ! »*

## *Chapitre 15*

*Long Wittenham, mercredi 10 mai 1899*

Les jours avaient défilé rapidement jusqu'à la fête d'anniversaire que lady Susan avait organisé pour sa fille. Cette dernière avait demandé à sa mère si elle voulait bien ne pas faire une grande réception, ne se sentant pas le cœur joyeux. Lady Susan avait bien entendu, accepté sa demande pensant que la morosité qui habitait sa fille, durant les jours précédents, n'était due qu'à la fermeture prochaine de l'orphelinat. Aussi, lui avait-elle organisé une petite fête simple dans celui-ci, et ce, pour le plus grand plaisir de Violet. Passer tout un après-midi à jouer avec les enfants lui avait été préférable à une réception durant laquelle l'absence d'Edward lui aurait été insoutenable. D'autant qu'elle n'aurait pu porter sa splendide robe créée par une styliste de renommée, car elle se refusait tout simplement de la porter tant qu'Edward ne serait pas présent à ses côtés pour la voir parée de celle-ci.

Les jours avaient continué de défiler et Edward n'était toujours pas revenu. Violet avait occupé une bonne partie de ses journées à l'orphelinat auprès des enfants en attendant que le mariage de *ses* parents ait lieu. L'annonce de celui-ci avait été connue par leur entourage et lady Shirley leur avait proposé de s'occuper de toute la cérémonie. Elle aussi se languissait de son époux et les préparatifs d'un mariage occuperaient, à tout le moins, ses pensées. Violet avait été mise à contribution et prenait du plaisir à se rendre fréquemment chez lady Shirley entre deux visites faites à l'orphelinat. Il était prévu qu'Edward rentre prochainement de son voyage fait en France avec son père, seulement, les trois semaines étaient passées et trois de plus s'étaient déjà écoulées.

Il lui manquait indéniablement…

Mais il n'était pas question de le lui avouer !

C'était déjà un homme doté d'une suffisance inéluctable, il ne manquerait plus qu'il pense qu'elle s'était languie de lui !

Violet se trouvait ce jour-là, toute seule dans le bureau de lady Shirley. Assise et accoudée au meuble rustique, elle préparait les faire-part du mariage. Elle s'était installé le dos à la porte puisque lady Shirley ne tarderait plus à la rejoindre pour s'installer elle aussi à son bureau. Elle avait la tête penchée sur un petit carton d'une teinte ivoire et couchait l'encre sur celui-ci d'une écriture appliquée. Ce qui fit qu'Edward ne la reconnut pas lorsqu'il entra d'un pas silencieux dans le bureau. Et comme il venait à peine d'arriver, il n'avait pas encore vu sa mère. Il était donc persuadé que c'était bien elle qui était assise, là, devant lui, la tête plongée dans quelques invitations qu'elle était sans doute en train de préparer. Il continua d'avancer sans un bruit et se positionna derrière elle. Il se pencha et l'embrassa sur la joue. Violet sursauta et se releva d'un seul coup, lui envoyant dans les jambes sa chaise qu'elle avait reculée brusquement. Il poussa un grognement avant de s'écrier :

— J'aurais dû me douter que c'était vous, Lady Violet ! Il n'y a que vous pour essayer de me casser les jambes d'un seul coup !

— Si vous n'aviez pas surgi sur moi comme un animal, Monsieur, peut-être aurais-je été moins… moins surprise ?

— Allons ! Qui pourrait bien vous attaquer chez mes parents, Milady ?

— Effectivement, vous avez raison ! Personne ! Sauf vous, Monsieur ! Et regardez ce que vous avez réussi à faire ! Vous avez gâché plus d'une heure de travail ! Il y a de l'encre partout. Maintenant, tout est perdu et je dois tout recommencer, dit-elle sur un ton contrarié.

Un peu gêné par les dégâts qu'il constatait, il ne répliqua pas. Ce qui déconcerta Violet. Ils avaient tellement pris l'habitude de se disputer à chacun de leur échange. Mais de le voir là devant elle, son beau regard désolé, un bras ballant, se frottant la nuque d'une main, sans dire mot, suffit à la faire taire. Edward s'éclaircit légèrement la voix avant de river ses yeux aux siens.

— Je vous présente mes excuses, Milady. J'étais persuadé que j'avais affaire à ma mère. Je n'avais aucune mauvaise intention, croyez-moi.

— Alors je ne peux que vous excuser, Monsieur, rétorqua-t-elle en soupirant.

Il s'approcha d'elle et se saisit de sa main qu'il porta à ses lèvres. Il y écrasa un baiser avant de la fixer de nouveau. Violet était rouge comme une pivoine. Qui plus est, maintenant que sa colère avait totalement disparu, elle était heureuse de le voir enfin revenir à elle.

— Je vous présente, moi aussi, mes excuses, Monsieur, répondit-elle avec un sourire.

C'était la première fois qu'ils s'excusaient mutuellement. À chaque fois, malgré de tendres baisers échangés, ils se quittaient toujours en désaccord.

Mais, a priori, pas cette fois-ci…

Edward regarda la main de Violet qu'il tenait toujours. Il sortit de sa poche son mouchoir immaculé et se mit à frotter délicatement avec celui-ci la main de la jeune femme. Il s'en servit ensuite pour effacer une autre salissure d'encre qu'elle avait sur la joue. Elle se laissa faire et ferma même les yeux. Il avait tant imaginé un moment comme celui-ci depuis son départ, qu'il hésita avant d'approcher doucement sa bouche de la sienne et de lui donner un baiser étourdissant. Elle le savoura avec un petit soupir d'aise lorsqu'il se détacha d'elle rapidement. Il venait d'entendre parler sa mère qui, au son de sa voix qui se rapprochait d'eux, ne devrait plus tarder à apparaître. Cette dernière voulant faire savoir à la jeune femme, qui devait certainement l'attendre depuis un long moment maintenant dans son bureau, qu'elle arrivait. Lady Shirley poussa un petit cri de joie en revoyant son fils. Tout en l'embrassant, elle trouva que ce rouge saillant qu'il avait sur les joues lui allait aussi bien qu'à Violet comme elle put le constater en les regardant, tour à tour.

Peut-être, aurait-elle prochainement un autre mariage à préparer ?

Sa mère lui posa des questions sur leur voyage auxquelles il répondit sans oublier de lui préciser que son père s'était rendu chez leur intendant avant de rentrer chez eux. C'est pour cela qu'Edward était rentré avant lui. Au bout de quelques longues secondes, lady Shirley embrassa son fils sur la joue avant de se diriger dans le fond de la pièce en faisant semblant de rechercher un livre sur une étagère. Edward en profita pour se rapprocher de Violet. Il se saisit tendrement de sa main avant de porter celle-ci à ses lèvres. Tout en la fixant d'un regard heureux, il fouilla dans la poche de sa veste et ressortit un petit paquet emballé dans une feuille de soie. Il écrasa un baiser sur sa main avant de lui glisser l'objet emballé. Avec le visage ému, il s'adressa à elle presque dans un murmure.

— Voici un présent que je vous ai rapporté de Paris… Non ! Ne l'ouvrez pas maintenant, je vous en prie. Faites-le seulement quand vous serez rentrée chez vous, poursuivit-il à voix basse.

— Pourquoi ce cadeau ? demanda-t-elle sur la même tonalité, avec les joues rougies et le cœur battant.

— Parce que je n'étais pas là pour votre anniversaire, voilà tout, répondit-il la voix chevrotante.

Les yeux de Violet brillaient de mille éclats et elle présenta à Edward un sourire tout aussi éblouissant.

— Milady, je vous laisse à nouveau à vos occupations.

Elle allait lui répondre, mais il la fit taire en caressant tendrement de son pouce ses lèvres. Seigneur ! Qu'elle aimerait tant l'embrasser où qu'il l'embrasse encore, tellement il lui avait manqué et tant elle se sentait heureuse.

— Je préfère partir en premier, car je ne supporte pas de vous voir me quitter, chuchota-t-il à son oreille.

Enrobée d'un mystère électrique, la rendant toute chose, Violet ne bougea plus du tout. Edward en profita pour porter à nouveau la main de la jeune femme à son visage et la posa sur sa propre joue avant d'y écraser un autre baiser. Il sortit de la pièce en la laissant tout engourdie de sensations. Elle entendit encore quelques minutes ses bottes claquer sur le sol en marbre du long corridor bien qu'il se trouvât déjà loin d'elle. Lady Shirley, qui avait assisté à la scène, décida de lui accorder encore quelques minutes avant de lui adresser la parole. Violet porta le dos de sa main à sa bouche. Celle-ci s'était imprégnée du parfum du jeune homme comme elle put le constater en la humant les yeux fermés. Avec un merveilleux sourire aux lèvres, elle se détourna de la porte d'entrée.

C'est à ce moment-là qu'elle se rappela qu'elle n'était pas toute seule dans la pièce…

De retour chez elle, Violet se précipita pour ouvrir le présent qu'Edward lui avait offert. Elle eut la joie de trouver sous le papier soyeux, un long écrin noir dans lequel était logé un magnifique bracelet en argent sur lequel étaient serties plusieurs améthystes. Elle le porta à ses lèvres avant de se décider à le porter à son poignet. Dans une totale béatitude, elle passa le reste de cette fin d'après-midi dans la lecture d'*Orgueil & Préjugés*...

Le lendemain matin, elle se rendit très tôt dans le boqueteau de Wittenham. Elle cueillait des fleurs par-ci, par-là, mais ses yeux guettaient en permanence le chemin principal. Edward n'arrivait toujours pas et la patience de Violet était en train de voler en éclats. Elle espérait vraiment le croiser en ce jour, car elle avait passé la nuit à se demander comment elle devait agir pour le remercier de son présent. Elle déposa son panier en osier sur le sol en prenant soin de ne pas faire tomber les fleurs qu'elle venait de cueillir. Elle décida de profiter des rayons du soleil qui perçaient le petit sous-bois pour admirer son bracelet qu'elle avait conservé toute la nuit à son poignet. Elle s'amusa à placer celui-ci sous les rayons lumineux pour voir les facettes des pierres précieuses réfléchir la lumière de tous leurs éclats. C'est à ce moment-là qu'Edward, qui arrivait vers elle avec Bandit, profita de la voir sourire pour lui adresser la parole.

— Vous plaît-il, Milady ? demanda-t-il doucement.

— Oh, oui, Monsieur ! répondit-elle en se retournant, un formidable sourire accroché à ses lèvres. Il est magnifique !

— Mais pas autant que vous...

Violet se mit à rougir fortement au compliment prononcé et Edward effaça les quelques pas qui les séparaient en s'approchant d'elle.

— Mais je manque à tous mes devoirs, Milady, car je ne vous ai pas encore dit bonjour.

D'un geste sûr, il se saisit de sa main dégantée et y déposa un tendre baiser. Violet n'avait jamais eu froid aux yeux, et bien qu'elle se sente tout émue de le revoir, sa hardiesse reprit le dessus.

— Mais je manque, moi aussi, à tous mes devoirs, Monsieur, car je ne vous ai pas encore remercié.

Elle s'approcha si près d'Edward que celui-ci eut un tressautement sur une tempe surtout lorsqu'elle se mit sur la pointe des pieds et qu'elle déposa un léger baiser sur ses lèvres. Elle recula aussitôt d'un pas en posant sa main délicatement devant sa bouche, comme si elle semblait tout à coup gênée par sa propre conduite. Edward s'approcha à nouveau d'elle et retira sa main de devant sa bouche qu'il conserva dans la sienne. Il écrasa un baiser sur ses lèvres avant que leurs langues ne se décident à danser une ronde folle sur un rythme long et sensuel. Le temps sembla se suspendre avant de les ramener tous deux à l'endroit préféré de leurs chamailleries. Edward se détacha tout doucement d'elle. Il la fixa et décida qu'il était temps pour lui de faire demi-tour. Il n'avait surtout pas l'envie de dire une bêtise et de gâcher ce moment magique. Violet avait sans doute eu la même pensée, car elle recula de quelques pas. Ils rentrèrent chacun chez eux, ce jour-là, sans s'être quittés auparavant par une dispute comme à leur habitude.

*« Ah ! vous dirais-je, ma chère amie, que la cause de mon tourment s'est enfin envolée, dès lors que leur relation s'est finalement raisonnée à prendre ce chemin tout tracé ! »*

## Chapitre 16

*Long Wittenham, samedi 27 mai 1899*

C'est en cette fin du joli mois de mai que la cérémonie du mariage entre le duc de Bridgewater et la baronne de la Marre eut lieu. La magnifique cérémonie religieuse s'était déroulée sans aucun incident. Durant leurs échanges de vœux, lord Pembroke n'avait eu d'yeux que pour Susan, devenue sa femme. Ils semblaient tous deux avoir vingt ans à nouveau. Clive n'avait jamais autant souri de sa vie. Enfin ! Susan était sienne comme il l'avait toujours espérée. Et leur amour avait donné le plus beau fruit qui existe pour un couple amoureux. Une fille que Clive aimait déjà tellement. Il avait hâte de lui faire savoir le rôle qu'il aurait prochainement auprès d'elle. Susan n'était pas encore prête à le faire. Elle s'était déjà fortement inquiétée à propos de leur mariage. Elle préférait repousser encore un peu cette annonce, mais elle avait promis à son mari de le faire prochainement.

Durant la réception qui suivit l'échange des vœux, Edward

avait encore les yeux rivés sur Violet. Il faut dire qu'elle était plus que désirable dans cette robe parme. C'était la fameuse robe qu'elle s'était fait confectionner pour son anniversaire et elle était bienheureuse de ne l'avoir encore jamais portée, car Edward semblait la trouver encore plus attirante vêtue ainsi. D'autant que son bracelet d'améthystes se coordonnait parfaitement avec celle-ci depuis qu'elle y avait fait coudre quelques pierreries pour être parfaitement assortie. Aussi, tous les gentlemen célibataires, invités en ce grand jour, la regardaient d'un œil intéressé. Ce qui inquiéta quelque peu Edward.

— *Si je dois me battre avec quelqu'un, soit !* songea-t-il, avec, en tête, l'image de *sa* belle pour laquelle il était prêt à en découdre pour la défendre.

Lady Marjorie, bien qu'unie à un beau parti, n'avait pas été conviée à cette réception. Elle et lady Susan s'étaient plus ou moins accrochées lors d'un récital quelques semaines auparavant. Et comme lady Marjorie ne faisait rien pour se rendre agréable dans ses conversations, toutes deux s'étaient séparées fâchées. Aussi, lady Susan n'avait-elle pas souhaité l'inviter. Et de toute façon, elle préférait nettement que celle-ci ne soit pas là pour ce jour qui comptait autant que le jour où elle avait mis au monde Violet.

Évidemment, lady Marjorie en avait été outrée.

Elle, une comtesse, n'avait pas été invitée au mariage d'un duc ! Elle, une lady, n'avait pas été distinguée dans sa jeunesse par lord Pembroke ! Et cette roturière de Susan sur laquelle il avait de nouveau jeté son dévolu !

Alors, à quoi avait donc pu servir cette lettre anonyme qu'elle avait fait parvenir dans sa jeunesse à feu le duc de Bridgewater, pour l'informer de l'idylle qu'il y avait entre Clive et Susan, s'ils se mariaient, finalement ! Cette réflexion avait de nouveau plongé dans une rage folle lady Marjorie !

Pourtant, durant les semaines précédentes, elle avait bien essayé d'insuffler à toute la bonne société la rumeur que lady Violet était courtisée par lord Pembroke. Et malgré l'entrain qu'elle y avait mis, cela avait été un flop total. Ce dont elle aurait pu se douter au vu de la non-popularité qu'elle avait. Mais il avait été hors de question pour elle de baisser les bras pour autant. Donc quelques jours avant que Clive n'épouse Susan et que tous deux filent le parfait amour, elle s'était presque arraché les cheveux en cherchant absolument un autre moyen pour se venger.

Ce que son esprit félon n'avait eu aucun mal à trouver : du poison !

Elle s'était dit qu'un empoisonnement serait des plus rapides pour se débarrasser de sa rivale. Elle n'avait pas d'amis et encore moins de connaissances, même douteuses, pour l'aider dans ses actions. Et les armes à feu lui avaient toujours fait peur. Elle avait recherché dans de vieux manuscrits de la bibliothèque de son défunt père, le moyen pour ce faire. Elle s'élut de son propre chef comme apprentie apothicaire, après avoir trouvé une potion simple à composer. Elle avait même été jusqu'à se payer une bague pour glisser son poison à l'intérieur. Et c'est avec cette même bague enfilée au majeur qu'elle s'était présentée chez les Somerford chez lesquels la réception du mariage avait lieu. Arrivée devant la porte du domaine de ces derniers, et sans aucun remords en tête, elle frappa, comme si de rien n'était, trois petits coups secs sur ladite porte, avec un présent quelconque à la main.

— Mon brave ! Je ne resterai pas très longtemps. Je suis juste venue déposer ce cadeau pour l'union de mes amis, indiqua-t-elle au majordome lorsque celui-ci lui entrouvrit la porte d'entrée.

Il s'effaça pour laisser passer l'aristocrate hautaine qu'était lady Marjorie et avec un soupir tout en secouant la tête légèrement, il referma la grande porte faite de bois de chêne et de fer forgé. Lady Marjorie, pendant ce temps, s'était dirigée d'un pas assuré vers une table ensevelie de présents et avait déposé le sien sur le dessus de la pile. Elle se dirigea par la suite, vers la table des rafraîchissements. Il y avait tellement de convives qu'elle passa inaperçue. Elle se saisit de deux coupes remplies de champagne qu'elle vida à moitié afin de s'assurer que sa rivale ingurgiterait tout le poison qu'elle se félicitait en silence d'avoir elle-même concocté. Elle jeta un bref coup d'œil dans la salle afin de mettre toutes les chances de son côté pour n'avoir aucune faille dans ses desseins.

— *C'est le moment, personne ne fait attention à moi,* songea-t-elle.

Sans aucun tremblement, elle vida dans l'une d'elles de la poudre de *belladone* qu'elle avait cachée dans le creux de sa bague prévue à cet effet et remua discrètement le contenu de la coupe avant de se diriger d'un pas ferme vers lady Susan.

— Ma chère ! Nous ne pouvons rester en de si mauvais termes, c'est pourquoi nous devons trinquer à votre bonheur ! Et je peux vous assurer qu'il est partagé !

Bienheureuse en ce jour, la nouvelle duchesse de Bridgewater se saisit sans aucune méfiance du verre que lui tendait la comtesse de Warwick. Elles firent tinter, l'une contre l'autre, leurs coupes qui émirent un unique petit bruit de cristal. Les deux dames se fixèrent du regard avant de porter à leurs bouches le doux breuvage. Après deux longues minutes, lady Marjorie s'excusa auprès de lady Susan dans une courbette mondaine, l'informant qu'elle accaparait pour elle seule la duchesse. Elle prit congé de cette dernière et c'est avec un sourire aux lèvres et le regard satisfait qu'elle quitta précipitamment la réception, sa vengeance accomplie…

Malgré la surprise de ressentir soudainement un très léger goût aigre dans la bouche, lady Susan était partie rejoindre son époux. Le cœur heureux, ils entamèrent ensemble une nouvelle valse. Lady Susan s'amusait comme si elle n'avait pas encore vécu une vie d'adulte. Elle était heureuse, sa fille tout autant qu'elle. Surtout lorsqu'Edward avait décidé de ne pas la quitter d'une semelle. Violet avait accepté de danser avec d'autres gentlemen que lui, afin de le rendre un peu jaloux – ce qui, en fait, était la réalité puisque le serpent vert de la jalousie lui mordait le cœur à lui en faire mal. Les agissements de Violet ne firent qu'intensifier son attitude à son endroit. Il décida de ne plus la quitter des yeux une seule seconde. Juliette et son frère avaient également été conviés avec leurs parents à ce mariage. Lorsqu'Edward aperçut Gédéon, une envie d'étriper le jeune garçon lui surgit en tête. Heureusement, grâce à son sang-froid qui le rappela à l'ordre, il s'en abstint. Mais quand celui-ci s'adressa à lui sur un ton ronflant, cette envie réapparut instantanément. Surtout quand celui-ci lui fit le sous-entendu suivant :

— Savez-vous, Monsieur, que j'ai entendu une rumeur sur *notre* chère Violet ?

Edward lui lança un tel regard que le jeune homme transpira quelque peu. Mais stupide comme était ce garçon, il persévéra dans ses propos.


— Il paraîtrait qu'elle se donne à lord Pembroke, dit-il sur le ton de la confidence avec un sourire en coin de bouche comme pour appuyer ses propos concupiscents.

Edward ne répondit pas. À tout le moins, pas oralement. Son poing vint s'écraser sur le visage grassouillet de Gédéon qui tomba à la renverse. Edward releva ensuite ce dernier en l'attrapant par le col et l'entraina vers la terrasse sur laquelle il s'attendit, à tout moment, à ce que quelqu'un les sépare…

Ce qui en fait n'arriva pas !

Un cri venait de retentir dans la salle d'apparat, et tout le monde venait de soupirer d'une seule voix. Edward se retourna tout en lâchant Gédéon qui tituba avant de tomber sur son postérieur. Il se dirigea vers le cri que Violet venait de pousser. Il était sûr que c'était sa voix qu'il venait d'entendre. Il s'approcha de la piste de danse et c'est là qu'il vit lord Pembroke accroupi au sol tenant dans ses bras lady Susan inconsciente. Violet, agenouillée auprès de sa mère, pleurait à chaudes larmes. Cette dernière avait perdu connaissance et respirait difficilement. Heureusement pour elle, le docteur Clevedon, ami des Somerford, faisait partie de la fête. Lord Pembroke emmena sa femme dans la chambre de lady Shirley et le médecin pratiqua une occultation rapidement. Il demanda qu'on lui amène sa voiture. Les médicaments nécessaires à lady Susan étaient à son cabinet. Edward proposa de s'y rendre à dos de cheval afin de gagner du temps et ainsi, de laisser le docteur Clevedon au chevet de la malade. Il courut ensuite jusqu'aux stalles et sans prendre le temps de seller un pur-sang, il le monta et partit au galop. À peine une vingtaine de minutes plus tard, il revenait avec toute la médication nécessaire que le médecin lui avait conseillé de prendre. Ce dernier avait tout de suite diagnostiqué une intoxication. Seulement, il n'avait aucune idée de ce qui en était la cause.

Une viande ou bien, peut-être, des légumes avariés ?

Mais cela pourrait tout aussi bien, être autre chose…

Dans le doute, il essaya de faire boire un vomitif à lady Susan. Mais celle-ci n'avait pas repris connaissance. Et le seul moyen de la sauver était de la réveiller et de lui faire boire ce breuvage.

Si seulement…

Violet pleurait en silence au chevet de sa mère. Lord Pembroke, lui, semblait ailleurs, presque dans le même état que sa compagne.

Si elle mourait maintenant, il en mourait lui aussi !

Edward se sentit impuissant devant ce tableau.

Que faire ?

Puis il se remémora une scène qui avait eu lieu devant lui dans un restaurant à Paris. C'était le premier jour, où lui et son père étaient arrivés dans cette ville. Un homme s'était écroulé, la tête dans son assiette. Inconscient, l'homme avait été allongé sur le sol par deux serveurs en attendant que le médecin, mandé, arrive. Ce dernier ne réussissant pas à faire reprendre connaissance à l'individu, il lui avait tout simplement ôté l'une de ses chaussures et, avec une aiguille fine et pointue, il lui avait piqué le pied à plusieurs reprises. L'homme s'était immédiatement agité, ses yeux grands ouverts, avant de tousser et de reprendre enfin son souffle.

Avec ce souvenir en tête, Edward regarda autour de lui et se rendit compte que personne ne semblait avoir une autre solution que celle qu'il pouvait proposer !

Il demanda à lord Pembroke la permission de défaire la chaussure de mariée de lady Susan. Comme il fut autorisé, il s'adressa au docteur, tout en s'activant dans sa tâche à dénouer le nœud de satin noué à la cheville de la souffrante. Le médecin ouvrit sa sacoche et en ressortit une seringue. Il en détacha l'aiguille qui y était fixée et commença à piquer avec celle-ci, le pied de lady Susan. Après trois piqûres, rien ne se passa. Edward insista auprès du docteur afin que ce dernier enfonce plus profondément la pointe et plus précisément à l'arrière du talon. C'était comme cela que le médecin parisien avait agi avec l'individu inconscient.

Mais lady Susan était maintenant une duchesse, ce qui fit hésiter le docteur Clevedon à s'exécuter. Il regarda autour de lui et s'aperçut que tous les présents le fixaient en retenant leur souffle. Il se décida alors à lui piquer le pied assez fortement lequel se mit à saigner aussitôt. Tout en s'agitant, lady Susan poussa un cri en retirant sa jambe. Le docteur Clevedon se détourna du pied de la malade et se saisit de la petite fiole en verre. Il lui fit boire tout le contenu avant qu'elle ne s'évanouisse à nouveau. Il s'adressa à Violet à qui il demanda un récipient urgemment. Celle-ci se saisit d'une coupe en porcelaine qui était posée sur une commode. Elle vida auparavant l'objet en laissant tomber sur le sol, des pétales de fleurs fraîches qui dégagèrent un parfum poudré. Le médecin eut tout juste le temps de présenter la coupe sous le visage de lady Susan avant que cette dernière n'y rende une partie de son déjeuner. Et comme elle resta éveillée, il continua de lui faire boire en plusieurs fois le reste de la potion, qu'elle rendit tout autant après chaque gorgée. Il pratiqua enfin quelques saignées avant de lui administrer un antipoison dans une veine. Il réclama à l'une des bonnes qui étaient présentes de l'eau acidulée par du vinaigre afin de détruire les restes du poison que lady Susan avait certainement encore dans l'estomac. Il exigea ensuite auprès de Clive, une surveillance particulière et un long repos pour celle-ci.

Après plusieurs heures de combat, elle semblait revenir de loin et même si le docteur Clevedon l'avait soignée, c'était grâce à Edward qu'elle était saine et sauve.

Les invités qui étaient tous restés chez les Somerford dans la grande salle d'apparat furent prévenus tard dans la nuit que la nouvelle duchesse allait beaucoup mieux. Lady Shirley remercia tout le monde et monta ensuite voir son amie Susan. Celle-ci s'était endormie avec, à son chevet, lord Pembroke. Il lui tenait la main et lui caressait le bras doucement.

— Clive, vous pourrez rester autant de temps qu'il vous est nécessaire. Je vais vous faire préparer pour vous et Susan notre plus calme et agréable chambre d'amis comme cela, vous n'aurez pas à quitter votre femme.

— *Ma femme,* se répéta-t-il silencieusement.

Cela résonna comme une douce mélodie à ses oreilles.

Oui, elle était maintenant sa femme…

Lady Shirley l'informa également que le médecin était resté dormir en leur demeure au cas où lady Susan aurait encore besoin de ses bienfaits. Clive remercia chaleureusement lady Shirley avant que celle-ci ne ressorte sans bruit, de la pièce. Elle s'en alla à la recherche de Violet et finit par retrouver cette dernière en pleurs dans les bras de son fils. Elle recula d'un pas afin de rester à couvert et resta une longue minute dans le couloir à les espionner. Durant cette minute, elle n'entendit pas grand-chose. Pour cela, il lui aurait fallu arriver cinq minutes plus tôt. Elle aurait pu ainsi surprendre Violet remerciant son fils par un tendre baiser d'avoir sauvé sa mère. Lady Shirley se décida tout de même à entrer dans la pièce.

— Violet ! Edward ! Je vous trouve enfin, mes enfants !

— Oui, mère, répondit-il en se détachant de la jeune femme. Je rassurais lady Violet à propos de sa mère, se justifia-t-il spontanément.

— C'est fort gentil à vous, mon fils. D'autant que le médecin clame que vous y êtes pour beaucoup dans la guérison de mon amie.

— Oui, enfin je n'ai fait qu'appliquer ce que j'ai vu à Paris.

— Je crois qu'en fin de compte, je suis heureuse que vous soyez allé là-bas, Lord Edward, sinon personne n'aurait pu sauver ma mère, tonna Violet d'une voix chevrotante avant d'exploser de nouveau en pleurs.

Lady Shirley l'attrapa dans ses bras pour la consoler.

— Ne vous inquiétez plus, mon enfant ! Elle s'en est sortie. Tout ira pour le mieux, maintenant.

La mère d'Edward attendit que la jeune femme se calme avant de poursuivre.

— Qui plus est, je vous cherchais pour vous dire que je vous ai fait préparer une chambre en attendant que votre mère se sente mieux. Edward va d'ailleurs vous y conduire. N'est-ce pas Edward ? tonna-t-elle avec le regard brillant en regardant son fils.

— Oui, mère, répondit-il avec un petit sourire.

— Eh bien, je vous laisse, mes enfants !

Et lady Shirley, toute heureuse malgré le malheur qui aurait pu arriver en sa demeure, s'en alla joyeuse comme un pinson de voir son fils si proche de la belle Violet.

Edward présenta son bras à la jeune femme et la conduisit jusqu'à sa chambre. Elle s'essuyait encore les yeux avec le mouchoir qu'Edward lui avait tendu quand ce dernier s'arrêta devant le seuil d'une porte.

— C'est ici que je vous laisse, Milady, dit-il en embrassant sa main qu'il tenait toujours.

Avec un timide sourire, il tourna les talons et s'en alla. Tandis qu'il arrivait au bout du couloir, il entendit s'écrier

Violet :

— Edward !

Il s'arrêta et fit un demi-tour sur lui-même. La jeune femme accourut jusqu'à lui et s'arrêta juste devant lui, le souffle haletant. Tout en triturant le mouchoir dans ses mains, elle le fixa de son beau regard violet.

— Merci ! s'exclama-t-elle en se jetant dans ses bras afin de l'embrasser.

Il l'étreignit et se laissa embrasser avec toute l'ardeur que la jeune femme avait pour lui.


Deux jours plus tard, lady Susan, qui se sentait un peu mieux, souhaita s'entretenir seule avec sa fille. Elle venait de prévenir son mari qu'elle voulait annoncer à Violet le lien de parenté qu'ils partageaient. Elle avait manqué mourir et elle s'était rendu compte qu'elle se devait de prévenir sa fille. Aussi, il était plus que temps pour Violet d'apprendre qui était son véritable père.

— Violet, voulez-vous bien venir vous asseoir à mes côtés ? demanda sa mère en tapotant la couverture lorsque celle-ci lui monta à boire un thé.

— Bien sûr, maman ! Comment vous sentez-vous, aujourd'hui ? demanda Violet en se faisant la réflexion que sa mère la prénommait de nouveau.

— Mieux ! Bien mieux, ma chère enfant. J'ai quelque chose d'important à vous dire. Mais asseyez-vous d'abord là. Ici, précisa-t-elle en lui prenant la main pour que sa fille se rapproche d'elle.

Elle avait besoin de la sentir, de lui tenir la main, pour ce qu'elle s'apprêtait à lui avouer. Elle inspira fortement avant de se lancer.

— Vous souvenez-vous de votre père ?

— Oui ! Enfin, il y a si longtemps qu'il est parti que son souvenir, bien que présent, s'est fortement estompé de ma mémoire. Je me souviens quand même de cette poupée pour mes dix ans.

— Et c'est tout !

— Je sais qu'il m'aimait beaucoup bien qu'à cause de son travail je ne l'aie vu que très peu.

— Il n'était pas très présent, car il travaillait la nuit. Vous en souvenez-vous ?

— Je m'en souviens, maman. Mais pourquoi échangeons-nous sur papa ? Pourquoi maintenant ?

— Parce qu'il y a lord Pembroke.

— Votre mari ? Mais quel rapport a-t-il avec mon père ?

— Vous souvenez-vous de l'histoire que je vous ai racontée concernant mes années de jeune fille ? Que lord Pembroke avait été mon amour de jeunesse...

— Oui, maman, je m'en souviens très bien.

— Eh bien, comment dirais-je ? À l'époque où j'ai dû épouser votre père... eh bien…, j'étais déjà enceinte ! lâcha-t-elle d'une voix mourante.

— Que voulez-vous dire, maman ? s'interloqua Violet.

Lady Susan reprit une forte inspiration et se lança.

— Lord Pembroke est votre véritable père.

— Mon véritable père, répéta-t-elle à la fois étonnée et pas aussi surprise qu'elle aurait dû l'être.

Elle s'entendait si bien avec lui !

— Oui, je voulais vous le dire depuis fort longtemps, mais j'avais peur que vous ne puissiez me le pardonner. Comme la mort a failli me cueillir, je me devais de ne plus vous le cacher.

— Oh, maman ! Comment vous en vouloir ? Vous avez déjà dû tant souffrir pendant toutes ces années.

— Oui, cela a été le cas. Mais votre père a toujours été gentil avec moi et j'avais beaucoup de respect pour lui. Et je n'oublierai jamais qu'il vous a acceptée comme sa propre fille.

— Oui, nul doute, maman ! Il a été un très bon père !

Violet avait pourtant la gorge serrée par cette nouvelle. Le passé la rattrapait par le manque évident qu'elle avait eu de ce père adoptif si gentil. Pourtant, son cœur avait certainement su avant elle que lord Pembroke lui était attaché d'une certaine manière. Elle l'avait tout de suite apprécié et il lui avait même semblé faire partie de sa vie avant même qu'il ne demande la main de sa mère.

— Est-il au courant, maman ? se risqua-t-elle à demander.

— Oui, Violet ! Et Clive voulait que vous le sachiez, car il a été fou de joie quand je le lui ai appris. Il n'attend que cela que vous le reconnaissiez comme votre père, même si je pense qu'il est préférable que nous conservions pour nous trois ce fait, pour le moment. Qu'en pensez-vous ?

— Je ne sais que vous répondre, maman. Je suis, je suis…

La porte de la chambre s'ouvrit tout à coup et lord Pembroke pénétra dans la pièce. Il s'approcha tout doucement en fixant du regard sa femme. Tout en lui souriant, elle lui fit un signe de tête. Un sourire naquit promptement sur le visage de son époux. Il se dirigea vers Violet d'un pas assuré et se saisit de sa main.

— J'ai imaginé cet instant depuis tant de semaines et, pourtant, voilà que je ne trouve pas mes mots, ma chère enfant !

Violet le fixa et remarqua ses yeux si semblables aux siens. Tout devenait plus clair dans sa tête.

— Papa !

— Oh, ma fille ! s'exclama-t-il en la prenant dans ses bras.

Il était si heureux de pouvoir la tenir près de son cœur. Enfin, elle avait connaissance de son existence. Ils discutèrent tous trois longuement avant que lady Shirley ne vienne les interrompre pour leur annoncer que le dîner serait servi dans une vingtaine de minutes.

Lady Susan resta alitée encore une semaine chez son amie et lorsqu'elle fut totalement remise, lord Pembroke la ramena chez lui avec *leur* fille.

*« Eh oui, ma chère amie ! Une famille venait d'être réunie sous nos yeux... »*

## Chapitre 17



*Orphelinat d'Abingdon, jeudi 8 juin 1899*

Violet avait décidé de se rendre à l'orphelinat sans sa mère. Son père lui avait aussitôt proposé de l'accompagner. Elle présenta aux sœurs et à la révérende mère ce grand monsieur qui faisait maintenant partie de sa vie. Toutes les religieuses présentes ainsi que les enfants se trouvèrent quelque peu troublés de se trouver en la présence d'un duc. C'était la première fois, a priori, qu'un très haut aristocrate mettait les pieds dans cet orphelinat. L'on pouvait avoir quelques préjugés sur Clive Pembroke lorsqu'on le voyait pour la première fois. Cependant, les adjectifs *orgueilleux, hautain* ainsi que *froid* ne pouvaient lui être attribués bien qu'il fasse partie des plus hauts rangs. Ce qu'il prouva, d'ailleurs, lorsqu'il se décida à imiter sa fille qui tournait déjà dans une ronde enfantine. Qui plus est, il y avait deux fillettes et un garçonnet qui se disputaient la place auprès de ce grand monsieur. Ce qui amusa énormément Violet, mais troubla fortement le père de cette dernière. Clive venait de retrouver sa fille, déjà toute grandie, mais là, de se retrouver avec de si petits diablotins, son cœur se mit à battre sur un drôle de rythme. Une idée complètement farfelue lui traversa l'esprit, mais il décida de ne pas s'en ouvrir tout de suite auprès de quiconque. Il lui fallait tout d'abord en discuter avec son épouse. Encore une fois, le fait de prononcer même silencieusement ce mot lui donna un vertige amoureux. Il était si heureux et avait dû attendre si longtemps avant de l'être. Et sa tendre et amusante fille avec laquelle il avait déjà échangé sur tout un tas de sujets et qu'il trouvait formidable avec les enfants, le remplissait également d'un tendre émoi.

Oui, il était indéfiniment heureux !

La ronde s'arrêta, et père et fille rejoignirent les nonnes. Après un verre de vin chaud sucré, ils discutèrent ensemble de l'organisation de la fête de l'orphelinat. Le sujet dériva sur la question : *« comment devraient se faire les adoptions si des personnes se trouvaient disposées à devenir parents ce jour-là ? »* Après avoir fait le tour de la question, Violet et son père étaient repartis de l'orphelinat tardivement, le cœur joyeux.


Une semaine plus tard, l'orphelinat accueillit un nombre incroyable de couples. Sur les vingt-sept enfants, vingt-quatre furent adoptés dans la journée. Les courriers que lady Susan et sa fille avaient rédigés quelques semaines précédemment avaient porté leurs fruits. Une joie immense se fit ressentir au sein de l'enceinte religieuse. Violet s'était sentie heureuse de savoir que les enfants se retrouveraient séparés les uns des autres, mais seulement pour retrouver la chaleur d'un foyer familial.

Qui plus est, Edward était là !

Il avait accompagné ses parents à la fête. Même si Violet ne lui avait jamais parlé de ses œuvres de charité, il ne lui en voulait guère. Elle avait certainement ses raisons et de toute façon, il ne l'avait pas beaucoup aidée pour qu'elle s'ouvre auprès de lui d'une certaine manière.

Oui, c'est vrai qu'ils avaient eu des échanges sulfureux, des baisers langoureux, des… tellement de « des » !

Par conséquent, à quel moment auraient-ils pu en discuter calmement ?

Mais le passé ne comptait pas vraiment pour lui. Seul le tableau qui se déroulait devant ses yeux le charmait. De voir Violet jouer avec les petits lui faisait chaud au cœur. Il la savait grognon, impétueuse, vive, mais il n'avait jamais douté un seul instant qu'elle soit tendre et aimante. Ce qu'elle lui démontra en racontant une jolie comptine aux trois enfants restants. Pendant ce temps, Edward interrogea justement lady Susan à propos du sort de ces trois petits orphelins. Ce qui prouvait bien qu'il n'était pas un homme égocentrique comme Violet avait pu l'imaginer dans les semaines précédentes.

— Oh, mon cher enfant, répondit lady Susan, comme c'est généreux à vous de vous en soucier. Mais ne vous inquiétez pas. Leur sort est déjà écrit, ici, sur ces trois feuilles.

Edward ne répondit pas, mais écarquilla les yeux du fait de n'avoir pas compris où la mère de Violet voulait en venir. C'est avec un large sourire que Clive Pembroke s'exclama :

— Nous les avons adoptés tous les trois !

— Tous les trois ! répéta Edward avec un sourire égal à celui du père de Violet.

— Oui, tous les trois ! répéta lady Susan.

— Lady Violet est-elle au courant ? les questionna-t-il.

— Non, pas encore ! répondirent en chœur le duc et la duchesse.

— Et quand comptez-vous le lui annoncer ? leur demanda-t-il avec les yeux brillants et toujours un formidable sourire accroché à sa jolie bouche.

Il avait bien l'intention d'être présent pour voir l'expression du visage de Violet se métamorphoser. Il était certain qu'elle serait encore plus heureuse que ce qu'elle voulait bien laisser paraître. Les parents de la jeune femme demandèrent à Edward de les accompagner pour se rendre jusqu'à leur fille qui était en train de taper dans ses mains avec les trois petits. Ce fut lady Susan qui s'adressa en premier à sa fille.

— Violet, il est temps pour nous de rentrer. La journée a été formidable pour tout le monde et il est l'heure pour ces enfants d'aller se coucher.

Violet s'arrêta net de taper les mains l'une dans l'autre. Ses bras lui tombèrent auprès du corps et elle se releva avec difficultés tout en fixant de son beau regard pourprin, sa mère.

Comment cette dernière pouvait-elle être aussi dure avec les petits ? Il est vrai que beaucoup d'entre eux avaient trouvé un foyer aujourd'hui. Mais pour ces trois-là, qu'est-ce qui allait advenir d'eux ?

— Maman, pourrais-je vous parler ? En privé, ajouta-t-elle en fixant Edward et son père.

— Non, nous n'avons pas le temps, ma fille. La nuit commence déjà à poindre son nez et il se fait tard.

— Maman !

Sa mère, sans prendre la peine de répondre à cette vive exclamation, s'écria tout à coup en souriant à sa fille.

— Allez, les enfants ! Allez mettre vos manteaux, nous rentrons à la maison !

— Qu'est-ce ? demanda Violet, le regard dans l'incompréhension.

— Je crois bien que votre famille vient de s'agrandir d'un seul coup ! murmura Edward.

Avec son plus beau sourire et une joie immense dans le cœur, Violet regarda sa mère et son père avant de les étreindre promptement tous les deux. Ils se délacèrent et lady Susan en profita pour attraper d'un côté la main de la petite Nelly et de l'autre, celle de sa sœur jumelle, la petite Harriette, tandis que son mari se saisissait de la main de James. Violet resta sans voix jusqu'à ce qu'Edward lui propose son bras pour se rendre à leur voiture respective. Il déposa un tendre baiser sur la main de la jeune femme et chacun d'eux rentra chez lui, le cœur rempli d'une joie débordante. Ce soir-là, Violet se rendit compte que ses parents avaient déjà prévu depuis plusieurs jours d'adopter Harriette, Nelly et James. Leur chambre était même déjà prête. Et les trois tendres enfants, qu'ils étaient, se sentaient comblés et heureux de se retrouver dans cette famille. Qui plus est, Violet devenait, par ce fait, leur grande sœur aux histoires magiques.

*« Et cela aussi, ma chère amie, c'était merveilleux, car les trois petits aimaient déjà tant notre chère Violet ! »*

## Chapitre 18

*Clifton Hampden, mardi 20 juin 1899*

Lady Marjorie avait entendu la nouvelle sur l'empoisonnement de lady Susan. Un journal local spécifiait bien qu'elle s'en était sortie presque par miracle. Aussi, ayant raté son coup, lady Marjorie se dit qu'une petite visite de courtoisie à la nouvelle duchesse de Bridgewater pourrait lui en apprendre certainement plus, voire lui donner quelques idées nouvelles afin de poursuivre sa vendetta.

Évidemment, elle ne comptait pas en rester là !

Qui plus est, elle s'était dit que durant cette visite, elle aurait peut-être une chance de voir Clive, seule, si Susan n'était pas présente. Une visite qu'elle pourrait largement tourner à son avantage avec le magnifique corps qu'elle avait su entretenir au fil des ans. Faute d'avoir pu lui voler son cœur, elle pouvait, à tout le moins, lui offrir son corps. À son grand désarroi, ce fut lady Susan qui la reçut courtoisement. Mais cette politesse forcée, où le cœur n'a aucune part, ne plut pas du tout à lady Marjorie. Bien que cette dernière n'ait pas plus de sentiments amicaux à son égard…

Se sentant mal à l'aise, lady Marjorie s'excusa auprès de *son amie* en lui disant qu'elle avait complètement oublié un rendez-vous important. Qui plus est, dès lors que lady Susan était revenue dans les parages, lady Marjorie avait banni la couleur violette de ses critères de beauté. Le dégoût au ventre, elle était repartie à peine cinq minutes après avoir pénétré dans le salon parme de la demeure des Pembroke, tandis que lady Susan était remontée à l'étage, voir si les trois petits nouveaux de la famille étaient encore plongés dans leur sieste. En traversant l'allée du parc, lady Marjorie aperçut au loin Violet bras dessus, bras dessous avec son père.

Bien qu'elle ait toujours su que la fille de Susan était également la fille de Clive, de les revoir là, ensemble, comme lors du bal, elle n'avait plus qu'un seul mot en tête : vengeance !

Elle remonta rapidement dans sa voiture particulière avec une nouvelle mauvaise idée qui venait de lui jaillir en tête. Il fallait qu'elle relance cette rumeur sur la relation incongrue qu'avait lady Violet avec lord Pembroke. Sa première rumeur n'avait pas touché les hautes sphères. Du moins, pas assez pour faire éclater un scandale. Elle décida qu'en toucher deux mots à la comtesse-douairière, la mère de son époux, serait une très bonne idée. Même si cette dernière n'était pas en grande confidence avec sa belle-fille, elle restait toutefois la mieux placée pour diffuser une telle rumeur. Elle se décida à cogner sur le plafond de la voiture et demanda instamment à son cocher de changer de direction pour se rendre à Steventon chez sa belle-mère laquelle y avait l'un de ses nombreux domaines.

— Ma chère *maman* ! dit-elle lorsqu'elle pénétra dans le salon de belle taille de la ravissante demeure.

— Une visite impromptue sur des paroles désuètes ! À quoi dois-je m'attendre de vous, en ce jour qui avait si bien commencé ? s'exclama la comtesse-douairière de Warwick.

Lady Marjorie ravala sa salive, frustrée de ne pouvoir envoyer promener sur les roses sa belle-mère. Elle tenta toutefois de présenter à celle-ci un sourire qui ressembla plus à une grimace.

— Et asseyez-vous au lieu de rester debout à gesticuler sur vos pieds ! Vous me donnez le tournis !

Lady Marjorie s'exécuta rapidement en se disant qu'elle aurait mieux fait de se débrouiller toute seule. Mais comme elle se trouvait là, autant prendre son mal en patience et commencer à faire ce pour quoi elle était venue.

— Ma chère, dit-elle en toussotant, je viens à vous, car je viens de voir quelque chose de très honteux. Et étant donné que vous êtes la sagesse même, il n'y a qu'à vous dont je puis épancher mon esprit si troublé.

— Pour sûr, il n'y a pas que votre esprit qui est si troublé, ma chère, mais bon ! Poursuivez !

Lady Marjorie toussota de nouveau en rougissant fortement.

— *Vivement que cette vieille marâtre aille rejoindre son époux,* songea-t-elle avant de poursuivre à voix haute. Voilà, je m'en reviens de chez mon amie lady Susan chez laquelle j'ai été invitée à prendre le thé. Cette dernière, d'ailleurs, se remet doucement de son malaise. Et tandis que je m'apprêtais à repartir de chez elle, j'ai surpris dans le parc au loin, lord Pembroke et la fille de mon amie dans une posture inconvenante.

— Que voulez-vous dire ?

Afin de rajouter du poids à son mensonge, elle s'éventa le visage avant de poursuivre la voix presque chevrotante.

— Eh bien, ils étaient enlacés et s'embrassaient passionnément si c'est ce que vous vouliez savoir.

— Hum !

— À votre avis, ma chère *mère*, que dois-je faire ? Dois-je prévenir mon amie ou bien me taire à jamais ? Je me sens si coupable…

Quel meilleur moyen de se venger en touchant les trois êtres qu'elle détestait le plus au monde !

La rumeur que mère et fille avaient des rapports intimes avec lord Pembroke ne ferait pas de bien à la nouvelle petite famille réunie ! La comtesse-douairière réfléchit silencieusement quelques secondes de plus avant de lui répondre.

— Je dois dire que si lady Susan est réellement votre amie, chose dont je doute, il va sans dire que la finesse à s'exécuter dans cette affaire est plutôt… délicate. Somme toute, je ne pense pas que vous soyez venue me voir pour un conseil, mais bon ! Faites ce que votre organe qui vous sert de cœur vous dicte, lâcha-t-elle en se relevant, lui intimant de la sorte que sa visite prenait fin.

Lady Marjorie était repartie de sa courte visite, le visage rougi, mais la joie au fond du cœur. Elle savait que la rumeur ne tarderait plus à *convoler* dans les hautes sphères, sa belle-mère étant incapable de garder un secret pour elle seule. Et effectivement, ce bruit mensonger circula à grande vitesse dans toute la bonne société. Malgré tout, personne n'osa affronter directement lord Pembroke sur ce terrain.

Ce dernier ayant le titre le plus élevé de son entourage !

Qui plus est, il faisait partie du Parlement, non pas en tant que Premier ministre — tel que feu son père l'eut été —, mais en tant que grand conseiller de la Couronne.

Et bien que personne ne vînt mettre son grain de sel dans

ses affaires, lord Pembroke resta fortement contrarié par ces bruits. Il avait le sentiment que sa fille et sa femme n'étaient plus en sécurité et ne sachant toujours pas qui avait essayé d'empoisonner cette dernière, il décida de mettre des gardes supplémentaires au service de toute sa maisonnée.

Après s'être amusée à faire circuler cette rumeur en faisant passer Violet pour une catin, et ainsi s'assurer de libérer la place auprès de lord Edward afin que ce dernier épouse sa fille Lavinia, lady Marjorie en attendit patiemment les retombées.

Et le premier touché par celles-ci fut Edward à l'instant même où cette rumeur lui parvint aux oreilles. Mais connaissant Violet il ne pouvait donner foi en une telle histoire. Seulement, après avoir passé tout un après-midi en ville où il avait croisé plusieurs personnes qui lui en avaient fait part, il avait décidé de rendre visite à la belle célibataire afin d'en avoir le cœur net.

Tandis qu'il demandait au majordome des Pembroke, si lady Violet était visible, ce dernier l'informa qu'elle était partie se promener dans le parc avec Sa Grâce. Edward décida de faire le tour en ressortant par la porte d'entrée. À peine arrivait-il dans l'angle du manoir qu'il surprît Violet et son père, mains enlacées, dans un vis-à-vis étrangement intime.

— Je vous aime et je suis tellement heureuse de me savoir aimé par vous, répondit Violet à l'accolade que son père lui faisait.

— Vous le pouvez, rétorqua-t-il en l'embrassant sur le front.

Si la jalousie n'avait pas aveuglé son jugement, et la douleur n'avait pas brisé son cœur, Edward n'aurait pas fui cette scène et aurait attendu quelques secondes de plus. Il aurait ainsi pu entendre lady Susan s'exclamer de la sorte :

— Je vois que vous ne pouvez plus vous passer de votre fille, mon Amour !

Mais il était déjà bien trop loin pour l'entendre…

Il était rentré chez lui le cœur déchiré.

— *Diantre ! Comment Violet peut-elle aimer un homme qui a l'âge d'un père ? Comment peut-elle se donner à un homme tel que lui ?* songea-t-il en l'imaginant avec ce dernier.

Tandis que le dégoût envahissait son cœur, il ne trouva pas pour autant de réponse à ses réflexions. Tout cela lui avait déclenché des idées acides qui lui brûlaient le cerveau. La vie venait de lui jouer à nouveau un mauvais tour. Il lui avait fallu dix années pour la retrouver, et voilà que le destin la lui enlevait à nouveau. Perplexe, malgré une colère envahissante, il tournait en rond dans sa chambre, tel un animal sauvagement blessé.

— C'est impossible ! Je vais me réveiller de ce cauchemar ! grogna-t-il en se prenant la tête entre ses mains. Comment puis-je la perdre deux fois en dix ans ?

*« Et malheureusement pour lui, je peux vous dire, ma chère amie, que c'était là, deux fois de trop ! »*

# Chapitre 19

*Long Wittenham, mardi 4 juillet 1899*

Cela faisait plusieurs jours que Violet ne croisait plus Edward dans le petit sous-bois. Elle n'en connaissait pas la raison et cela la navrait grandement, elle qui avait tant pris l'habitude de l'y retrouver. Alors un manque évident du jeune homme se fit ressentir au fond de son cœur.

Et de son corps aussi…

Après tout, elle était plus en âge de porter un enfant que de jouer des saynètes dans un petit salon…

En cette nouvelle matinée, elle était rentrée de sa promenade aussi mélancolique que les fois précédentes. Malgré tout, elle se résigna à ne pas se laisser abattre par son humeur et décida de se rendre dans l'après-midi chez les Somerford. Elle ne savait pas encore quelles raisons elle donnerait à sa visite, mais elle trouverait bien d'ici là, un prétexte pour s'y rendre. Il ne lui fallut alors que quelques minutes pour en trouver un. Elle se rendit aussitôt aux cuisines et demanda à Mme Edwige de lui préparer une tarte aux mirabelles. Elle savait qu'Edward appréciait énormément ce dessert pour l'avoir déjà vu en reprendre deux fois lors des réceptions communes où ils avaient été conviés.

Deux heures plus tard avec la tarte déposée dans son petit panier, elle se présenta chez Edward après le déjeuner. Le majordome lui annonça qu'Edward ne se trouvait pas au domaine. De fait, elle fut reçue par lady Shirley qui lui annonça que son fils était parti en ville avec son ami des bancs d'école lord Manton. Violet décida que cela n'était pas bien grave et présenta sa tarte à lady Shirley qui lui proposa de rester avec elle pour boire un thé. Tandis qu'une servante présentait une tasse de thé à chacune d'elles, Violet songea que la mère d'Edward était une femme vraiment adorable. Qui plus est, elle ne se trouvait pas étonnée que lady Shirley et sa mère soient toutes deux des amies intimes depuis tant d'années. Tout en appréciant l'odeur de leur breuvage brûlant, lady Shirley annonça à la jeune femme que son fils n'allait pas très bien dernièrement. Bien qu'il ne s'en soit pas ouvert auprès d'elle, elle demanda à Violet si elle aurait pu en connaître les raisons.

— Non. Je suis navrée, Lady Shirley. Je n'en sais rien moi non plus. Il faut dire que cela fait plusieurs jours que je ne l'ai pas croisé.

— Oh ! Je vois que je vous ai inquiétée pour rien, ma chère enfant, lui signifia-t-elle lorsqu'elle vit le visage déconfit de la jeune femme.

Violet ravala les larmes qu'elle retenait avec difficultés et poursuivit la discussion qu'elles avaient en grande intimité.

— Peut-être, est-ce à cause de cette vilaine rumeur qui circule dans toutes les bouches des alentours ?

— Non ! Je ne peux croire que mon fils puisse y prêter une quelconque attention. D'autant plus que nous savons toutes deux que celle-ci n'est pas fondée, n'est-ce pas ? rétorqua la mère d'Edward avec un sourire au coin de la bouche.

— Êtes-vous au courant, Lady Shirley ?

— Oui, mon enfant. Je sais que Clive est votre père. Mais je n'avais pas le droit de trahir mon amie, votre mère.

— Maman sait-elle que vous êtes au courant ?

— Nous sommes de très bonnes amies, ma chère. Oui, elle me l'a raconté, il y a déjà tant d'années ! D'autant que je l'avais deviné bien avant qu'elle ne me l'avoue…

— Oh ! Merci pour votre franchise. Elle me va droit au cœur, Lady Shirley. Maman ne s'est jamais trompée sur vous. Elle me parle de vous depuis que je suis en âge de comprendre, et aujourd'hui, je comprends pourquoi. Votre amitié est si grande !

— Votre mère a toujours été comme une sœur pour moi, et je dois vous avouer que j'ai eu si peur de la perdre dernièrement.

Violet laissa échapper des larmes qui roulèrent sur son beau visage. Gênée, lady Shirley se rapprocha d'elle et la serra dans ses bras.

— Comment puis-je avoir dit une telle bêtise ? Il va sans dire que vous auriez perdu beaucoup plus que moi, mon enfant.

— Non, car je ne doute pas de votre sincérité, Lady Shirley. Elle vous aime également comme une sœur.

Après s'être remises, toutes deux, elles finirent de boire leur thé et Violet — le cœur plus léger — reprit son chemin pour se rendre chez elle en pensant à Edward.

Il lui manquait tant !

Et justement, en parlant d'Edward, celui-ci descendait de son cheval. En reconnaissant Violet, c'est d'un pas ferme qu'il se dirigea vers elle et la rejoignit en quelques enjambées.

— Que venez-vous faire ici ? l'interrogea-t-il d'un ton acide en se postant au-devant d'elle.

Surprise, elle lui présenta tout de même un sourire.

— Oh ! Vous voilà ! Votre mère m'a dit que vous étiez sorti et...

— Pourquoi cette visite ? la coupa-t-il d'une voix glaciale.

Elle perdit instantanément son sourire. Elle le fixa et avala sa salive difficilement avant de poursuivre leur échange.

— Je me suis permis de vous apporter une tarte aux fruits. Je me devais de régler ce vieux compte que nous avions entre nous, dit-elle en se forçant quelque peu à sourire même si cela lui était fort difficile.

— Vous feriez mieux de garder vos gourmandises pour un autre ! À moins qu'il n'y en ait plusieurs...

Puis sans aucune politesse, il tourna les talons. Choquée d'une telle attitude à son égard, Violet suffoqua. Son corsage la serrait soudainement de trop. Elle sentit une douleur sourde lui vriller les tempes.

Qu'est-ce qu'il venait de lui arriver ?

Se pouvait-il que ce soit l'homme qu'elle aimait qui venait de l'insulter ?

Elle n'eut pas le temps d'en trouver la réponse ni de se poser une autre question, d'ailleurs. Sa tête lui tourna le cœur et elle s'écroula sur place. Edward, bien qu'il se trouvât déjà loin d'elle, lui jeta un dernier regard par-dessus son épaule. Évidemment, lorsqu'il la vit inerte sur le sol, il accourut jusqu'à elle. Comme elle ne reprenait pas connaissance, il la souleva dans ses bras afin de la ramener rapidement chez lui.

Par chance, le docteur Clevedon se trouvait chez les métayers des Somerford. Il ne lui fallut pas plus de cinq minutes pour se retrouver au chevet de Violet tandis que lady Shirley attendait dans le couloir avec son fils. Ce dernier faisait les cent pas depuis plus de dix minutes déjà devant la porte de la chambre dans laquelle il l'avait déposée.

— Il suffit, Edward ! s'écria lady Shirley.

— Mère, que vous arrive-t-il ? demanda-t-il, inquiet.

Sa mère ne s'était jamais adressée à lui sur ce ton.

— Je ne vous ai jamais vu dans un tel état ! poursuivit-il.

— Je crois que si notre chère Violet a fait un malaise, cela m'en revient totalement. La pauvre enfant, avec ce qu'elle a subi avec sa mère et maintenant toutes ces rumeurs. Je suis certaine que notre conversation l'a bouleversée, s'expliqua-t-elle en se laissant aller dans les bras de son fils, les yeux remplis de larmes.

— Maman. Je dois malheureusement vous contredire. Le malaise de lady Violet m'incombe entièrement. La colère qui m'habite m'a fait… l'insulter…, dit-il d'une voix mourante.

— Seigneur ! Mon fils ! Ne me dites pas que vous avez cru à tous ces bruits de butors !

— Maman ! Je les ai vus s'enlacer devant moi et…

Il n'eut pas le temps de finir sa phrase. Sa mère l'attrapa par les épaules et le secoua légèrement.

— Lord Pembroke est son père ! Son père, m'entendez-vous ! s'écria-t-elle.

— Comment ? Nom de Dieu ! jura-t-il lorsqu'il comprit la véritable raison pour laquelle *sa* belle se trouvait dans les bras d'un autre que lui. Je ne suis qu'un crétin ! répondit-il en se frottant la nuque, gêné par le regard furieux que lui lançait sa mère.

— Oh, mon fils ! dit-elle avant de le reprendre dans ses bras tendrement.

Il embrassa sa mère sur le front et la garda serrée entre ses bras plusieurs minutes. Son esprit était troublé par cette surprenante découverte. Il se devait, au plus tôt, d'avoir une explication avec Violet. Il lui devait bien cela après le manque de politesse qu'il avait eu à son égard.

Violet était une jeune femme intelligente, Edward était donc certain qu'elle comprendrait facilement qu'il s'était fourvoyé sur son compte…

Bien qu'à chaque minute qui s'écoula, il en soit de moins en moins certain.

— *Seigneur ! Faites qu'elle me pardonne, je vous en prie…*

Edward en resta là dans ses réflexions silencieuses, car le médecin ressortit de la chambre. Tout en rajustant son monocle, il leur signifia qu'ils pouvaient se rendre auprès de la jeune femme. Edward insista auprès de sa mère pour s'y rendre en premier et tout seul. Lorsqu'il passa le seuil de la porte de la chambre, il toussota pour s'éclaircir la voix.

— Milady…, prononça-t-il d'une voix presque inaudible.

À son entrée, Violet avait levé les yeux et le fixait d'un regard noir. Elle était encore si blessée par son insulte qu'elle se demandait comment elle pourrait un jour lui pardonner cette offense. Edward sentit un trouble le saisir, mais il poursuivit ses pas jusqu'à elle.

— Je vous en prie, Milady, dites-moi quelque chose ! dit-il en se saisissant de sa main.

— Je n'ai rien à vous dire, Monsieur ! répondit-elle en retirant brusquement sa main de la sienne.

Bon, c'est sûr que là, elle était encore blessée et toujours en colère…

— Veuillez m'excuser. Je ne suis qu'un stupide crétin ! Je…

Elle ne le laissa pas terminer sa phrase en exigeant de lui qu'il s'en aille. Elle souhaitait voir sa mère. Aussi, lui demanda-t-elle de la faire venir.

C'est avec un visage abattu qu'il agréa à son exigence et s'apprêtait à ressortir de la pièce. Pourtant, c'est totalement contrit qu'il posa sa main sur la poignée et, sans se détourner de la porte, s'adressa à Violet.

— Je suis désolé, Milady, que ma présence vous importune tant.

Puis, il se détourna de la porte et fixa Violet d'un regard repentant.

— Cela ne se reproduira plus jamais, je puis vous l'assurer, lâcha-t-il avant de ressortir de la pièce en refermant doucement la porte sur lui.

Lady Shirley qui attendait son fils l'embrassa avant de pénétrer à son tour dans la chambre. Elle trouva que Violet avait le même regard qu'Edward. Ils s'étaient mutuellement blessés même si son fils était celui qui avait commencé. Tout en priant pour que cela soit passager, elle se dirigea vers la jeune femme, se saisit de ses mains qu'elle étreignit dans les siennes tout en s'assoyant au bord du lit.

— Ne lui en voulez pas, je vous en prie. Je crois bien qu'il est follement amoureux de vous, Lady Violet.

— Il m'a blessée. Il m'a fait mal, répondit-elle en pleurant.

— Je le sais, mon enfant. Peut-être qu'avec le temps, cela passera et vous pourrez alors lui pardonner ?

— Je n'en sais rien, souffla-t-elle.

Elles furent interrompues par l'arrivée de lady Susan que lady Shirley avait tout de suite fait appeler dès qu'elle avait eu connaissance de l'état de Violet. Toutes deux s'entretinrent brièvement et lady Shirley rassura immédiatement son amie avant de la laisser seule avec sa fille. Une heure plus tard, Violet repartait avec sa mère sans avoir revu Edward.

*« Seulement, je dois vous faire savoir, ma chère amie, que si le cœur de*

lady Violet était toujours en peine, celui de lord Edward n'était guère mieux ! »

# Chapitre 20



*Clifton Hampden, mercredi 12 juillet 1899*

Violet avait été fortement blessée par l'homme qu'elle aimait. C'était d'ailleurs à ce moment-là, à cet instant précis où elle avait reçu les paroles d'Edward en plein cœur telle une lame le lui transperçant qu'elle avait su qu'elle l'aimait au plus profond d'elle-même.

Bien qu'à aucun moment, le contraire ne se soit immiscé dans ses pensées…

Seulement, il y a des réalités qui vous réveillent d'un seul coup !

Malgré tout, elle n'arrivait pas à effacer de sa tête qu'Edward avait pu croire un seul instant qu'elle put se donner à un homme qui avait le double de son âge.

Cette pensée lui était odieuse !

Après quelques jours passés uniquement en famille, lord Pembroke et lady Susan avaient décidé d'inviter chez eux les membres du Parlement et leurs épouses ainsi que quelques amis. La famille Somerford fut, évidemment, la première conviée à cette réception. Edward en était presque ivre de joie tant il se sentait transporté par de délicieux vertiges à l'idée de revoir Violet durant toute une soirée.

Elle lui manquait tant !

Il l'avait bien croisée par deux fois, mais la froideur qu'elle lui avait démontrée l'avait dissuadé de s'adresser à elle en public.

Il décida de contenir son impatience et d'attendre de la retrouver au détour d'un couloir. Ce qui ne manquerait pas de leur arriver, il en était certain… D'autant qu'il avait prévu de lui offrir un certain anneau d'or serti d'un beau diamant qu'il avait acheté à Paris pour *elle*…

La réception débuta agréablement dès lors que le duc annonça à tous ses convives quels étaient les liens qu'il entretenait avec lady Violet. De savoir que ce dernier n'était pas un homme répréhensible, effaça l'idée même qu'il avait eu une enfant en dehors des liens du mariage. Et comme depuis il avait épousé la mère de cette enfant, il n'y avait plus aucune raison de lui porter la moindre animosité. En conséquence, cette réception se déroula totalement dans la bonne humeur même si Edward n'avait pas vraiment pu s'entretenir seul avec Violet. Il devrait alors faire montre de patience même si cela n'était plus son fort depuis quelques mois dès lors qu'il avait retrouvé Violet. À son habitude, celle-ci quitta la table pour se rendre dans la petite pièce des commodités aussitôt le dîner terminé. À peine trois minutes après elle, Edward quitta également la table afin d'aller à sa rencontre et espérer ainsi pouvoir discuter en tête-à-tête avec elle. C'est ainsi qu'il la retrouva au détour d'un long, très long corridor.

Et ce, pour son plus grand plaisir…

— Milady, murmura-t-il en la surprenant lorsqu'il arriva dans son dos.

— Oh ! Non ! Allez-vous-en ! s'écria-t-elle en se retournant vers lui tout en reculant d'un pas.

— Non ! Je ne partirai pas tant que je ne me serais pas expliqué avec vous !

Il s'approcha d'elle, mais elle recula de nouveau d'un pas. Il s'approcha de nouveau, et elle recula aussitôt.

*« Hum ! Étaient-ils encore en train de jouer, ma chère amie ? Je ne saurais vous le dire… »*

Il se trouva assez proche d'elle pour se saisir de ses mains qu'il enveloppa entièrement des siennes. Malgré la douceur et la chaleur que ce geste lui déclencha dans le corps, Violet ne comptait pas lui pardonner.

À tout le moins, pas de si tôt !

Il l'attira vers lui tandis que Violet sentait son propre corps la trahir en se laissant aller à ce geste. Il la relâcha et porta sa main droite sur le cou de la jeune femme. Puis sans attendre un quelconque accord ou même désaccord, il glissa son autre main de l'autre côté de son cou gracile l'enveloppant ainsi dans une caresse sensuelle.

— *Ne cède pas, idiote !* se gourmanda-t-elle. *Ne cède pas*, se répéta-t-elle toujours silencieusement, prise au piège dans la merveilleuse prison qu'il lui avait faite de ses mains chaudes.

Elle fit l'erreur — même si cette appellation peut sembler fourbe ici — de fermer les yeux. Elle céda à ses lèvres dès qu'il les posa sur les siennes. Il se fondit en elle et l'embrassa d'une passion contenue depuis trop longtemps. Elle s'abandonna complètement à lui sous l'assaut de ses baisers. Elle était si bien, là, entre ses bras qui la caressaient et la réconfortaient, qu'elle aurait voulu que le temps suspende son mouvement. Finalement, il se détacha d'elle à contrecœur et, avec solennité, il lui posa la question qu'il brûlait de lui faire depuis plusieurs mois.

— Milady, accepteriez-vous de devenir ma femme ? soufflat-il presque dans un murmure tant il ressentait tous ses sens troublés par l'instant présent.

Violet le fixa sans lui répondre avant de lui envoyer un coup sur l'épaule, le sortant par la même occasion de la stupeur dans laquelle il était plongé.

Seigneur ! Elle avait toujours eu si mauvais caractère !

— Croyez-vous qu'un baiser suffise à me laisser me faire prendre au piège des liens du mariage, Monsieur ?

— Vous ne voulez donc pas devenir ma femme ? rétorquat-il en recherchant dans la poche de son veston l'anneau qu'il y avait placé précieusement pour le lui offrir.

— Non !

— Non ? répéta-t-il tout en étant surpris en même temps de ne pas retrouver ledit bijou.

— Voilà que c'est vous qui vous mettez à répéter ce que je vous dis, Monsieur !

Interloqué, il resta sans voix. Elle tourna les talons tout en lui signifiant sans le regarder :

— Et, croyez-moi, Monsieur ! Je ne suis pas prête à vous pardonner vos erreurs…

Elle était retournée s'asseoir à table, mais Edward n'était pas réapparu de la soirée. Violet, après s'être renseignée auprès de son majordome, avait appris qu'Edward était soudainement parti sans donner de raison. Ce qui la laissa dans un grand désarroi.

Ne l'avait-elle pas éconduit pour qu'il se sente assez mal

pour ne pas revenir vers elle ?

Ce qu'elle avait voulu faire était de lui rendre la monnaie de sa pièce, lui faire mal comme il lui en avait fait même si son erreur n'était née qu'à la suite d'un ineffable quiproquo. Malheureusement, c'est à ce moment-là qu'elle se rendit compte qu'il lui avait fait une belle demande, et que son caractère emporté lui avait fait donner une réponse incorrecte.

— Gourde ! ne trouva-t-elle seulement à se dire et à se redire lorsqu'elle se coucha ce soir-là.

Edward de son côté se sentait meurtri dans son cœur. Il fallait qu'il se rende à l'évidence : elle ne voulait pas de lui ! Et le Ciel semblait être de son côté à elle, car il avait été incapable de retrouver la bague qu'il lui destinait.

Cependant, au lieu de rentrer chez lui, il était parti en ville où il était allé retrouver son ami, lord Manton. Il avait eu beau passer toute la soirée dehors, il n'avait pas touché à plus d'un verre de cognac pour noyer son chagrin.

*« Après tout, ma chère amie, lord Edward était un battant et nous savons toutes deux que l'alcool n'a jamais été signe de guérison, alors de là à le guérir d'un chagrin d'amour… »*

Après avoir passé toute la soirée à se demander comment il pourrait récupérer Violet, une idée quelque peu floue lui était apparue instantanément dans la tête quand son ami, aux alentours de minuit, lui avait présenté Augustine, une comédienne avec laquelle lord Manton entretenait une relation durable. Fort d'un début d'idée qu'il garda bien au fond de sa tête, il lui fallut patienter et attendre le lendemain soir pour concrétiser le plan parfait. C'était donc en accompagnant lord Manton au théâtre, dans lequel ce dernier y avait retrouvé son avenante Augustine, qu'Edward fît la rencontre de la belle Gisèle. Celle-ci était une amie proche d'Augustine, une amie française avec un bel accent français même lorsqu'elle s'exprimait en anglais.

Immédiatement, le plan qu'Edward avait ébauché dans sa tête la veille lui revint en mémoire, car il songea alors que Gisèle ferait parfaitement l'affaire pour ses desseins !

Gisèle était une comédienne et lui proposer de jouer le rôle d'une jeune femme attachée à sa personne était tout à fait dans ses cordes lorsqu'Edward le lui demanda. Il la paya grassement, car tout labeur avait son prix et il ne voulait surtout pas que leur relation soit entendue pour autre chose. Gisèle se ferait donc passer pour une amie française, plutôt intime, qu'Edward aurait soi-disant rencontrée quelques semaines auparavant lors de son voyage fait à Paris, lorsqu'il avait dû accompagner son père.

Et inévitablement, son nouveau nom de scène serait *Mademoiselle Caroline de Laroche !*

Cela était un pari fort risqué pour Edward, car Violet ne lui avait jamais avoué qu'elle était bien celle qui l'avait dupé dix ans plus tôt.

*« Vous en conviendrez, ma chère amie, qu'il n'en est pas moins sûr qu'à ce jour, notre chère lady Violet se rappelle, elle-même, sa propre duperie ! »*

Mais Edward n'avait eu besoin d'aucune confession de sa part. Il le ressentait au fond de lui-même et il était certain qu'en faisant revenir au grand jour cette farouche Caroline et, surtout, que cette dernière lui soit fortement liée ferait certainement réagir Violet. Il avait besoin de savoir qu'il pouvait la rendre jalouse et que son attitude à son égard lui assure qu'elle lui portait autant d'amour qu'il pouvait lui-même en avoir pour elle. Leurs échanges langoureux ne pouvaient pas être uniquement le résultat d'une simple attirance physique, s'était-il ainsi convaincu. Il l'aimait avec son cœur et était certain qu'elle nourrissait les mêmes sentiments à son endroit. Surtout, si sa certitude s'avérait fondée.

À tout le moins, l'espérait-il au plus profond de lui…

Après avoir prévenu sa mère de son plan pour lequel celle-ci s'était sentie immédiatement complice et très heureuse qu'il ne se laisse pas abattre, Edward avait mis en œuvre celui-ci.

C'est ainsi qu'il se promena plusieurs jours avec Gisèle accrochée à son bras. Il la présenta à toutes ses connaissances comme mademoiselle Caroline de Laroche — une amie de Paris qui *lui* était revenue directement de France.

Évidemment, il fallut à peine quelques jours pour que cette information arrive aux oreilles de Violet ! De savoir qu'une autre femme qu'elle puisse se pavaner au bras d'Edward la rendit fort jalouse. Elle resta affligée par cette nouvelle et enragea toute la journée contre elle-même. D'autant qu'une bonne, chargée du nettoyage du linge, lui avait remis une bague sertie d'un diamant unique qu'elle avait trouvé dans le repli de l'ourlet de la robe, que Violet avait portée lors de la réception qui avait eu lieu chez ses parents. Ne sachant que lui répondre, Violet s'était saisie du bel anneau sans avoir la certitude que celui-ci fut la propriété d'Edward. Elle l'avait trouvé magnifique et avait même voulu l'essayer au cas où il aurait été pour elle. Néanmoins, elle n'avait pas osé le glisser à son doigt. D'autant, que pour une fois, ce n'était pas elle qui avait chapardé ce bijou ! C'était Edward qui l'avait laissé par mégarde glisser de sa poche tant la réponse de Violet l'avait terrassé lorsqu'elle avait refusé de l'épouser. Et depuis, ce joli joyau se trouvait caché dans un certain mouchoir, brodé aux lettrines *E.S.* et taché par des fruits rouges, que Violet avait chapardé quelques semaines plus tôt lors d'un petit combat fort émoustillant… Du reste, elle n'avait aucune idée de ce qu'elle devait en faire : le remettre à Edward ou bien le garder secrètement en attendant… En fait, elle ne savait pas vraiment qu'attendre du futur si Edward n'en faisait pas partie.


Bien que cela fasse partie de ses habitudes de se rendre quotidiennement dans le sous-bois pour se prêter à faire une cueillette, Violet ne s'y rendit ce jour-là qu'avec l'intention de croiser le chemin d'Edward. À tout le moins, avec l'espoir de le voir seul… Cependant, elle était partie si vite de chez elle, qu'au bout d'une vingtaine de minutes, elle s'aperçut qu'elle avait oublié son petit panier en osier pour ramasser des fleurs et des petites baies mûres. Mais en vain ! Elle n'avait aucune intention de perdre du temps en retournant sur ses pas. Elle marchait l'esprit complètement dérouté avec des pensées complètement désordonnées lorsqu'elle aperçut enfin Edward de dos. Heureuse de le savoir ici, elle se rapprocha précipitamment vers lui avant de se rendre compte, tout à coup, que le corps de ce dernier dissimulait une personne. C'était Gisèle ! Ou plutôt la soi-disant mademoiselle Caroline de Laroche !

Edward et Gisèle, qui avaient, bien sûr, entendu arriver Violet, depuis qu'ils attendaient impatiemment sa venue, avaient enlacé immédiatement leurs mains tout en plongeant leurs regards l'un dans l'autre. Ils faisaient également semblant de rire ensemble en attendant que Violet se décide à arriver à leur hauteur.

Pourtant Violet avait l'envie de fuir, mais son cerveau voulait absolument connaître qui était cette rivale qui s'était attaché le cœur d'Edward. Mais ce fut une terrible erreur. Lorsqu'elle les entendit converser avec une telle complicité, elle ressentit instantanément une douleur la traverser. Le serpent vert de la jalousie lui mordit le cœur à lui en faire si mal qu'elle aurait pu faire n'importe quoi pour que cela cesse. En cet instant, elle aurait bien été capable de se battre pour récupérer le cœur d'Edward, même si sa mère ne l'avait pas élevée de cette façon.

Il fut certain qu'elle se trouvait déjà en léger manque de bonnes manières telle que toute lady était censée démontrer en tant que femme accomplie. Alors, là, maintenant, elle n'allait pas se montrer en spectacle devant cette mademoiselle de Laroche en effaçant toutes ces pénibles années d'éducation !

Reprenant ses esprits, elle se rapprocha d'eux et essaya de plaquer un sourire sur son joli visage qui était un tantinet marqué par le désarroi. Malgré tout, cela lui fut fort difficile et surtout très pénible. Edward, qui fit semblant de ne l'avoir vue qu'à l'instant, se détourna de Gisèle, tout en conservant la main de cette dernière dans la sienne démontrant ainsi son attachement. Ensemble, ils s'approchèrent également de Violet et finalement, Edward fit les présentations.

— Lady Violet, quelle joie de vous revoir ! Permettez-moi de vous présenter, Mademoiselle Caroline de Laroche. Une amie très proche, ajouta-t-il avec un formidable sourire en lançant un regard amoureux à Gisèle.

— Mademoiselle, salua froidement Violet, fortement ébranlée.

Elle avait le vague souvenir d'avoir déjà entendu ce nom. Il lui semblait le connaître pourtant, rien ne lui revint à l'esprit concernant cette personne.

— Lady Violet ! On m'a tant parlé de vous, répondit Gisèle en lançant un regard complice et coquin à Edward. Je suis ravie de vous rencontrer, moi aussi, ajouta-t-elle avec un sourire malgré tout sincère.

— Vous êtes française ! s'exclama Violet.

— Oui, Mademoiselle, répondit cette dernière dans une petite révérence courtoise.

Le visage de la jeune femme ne lui disait toujours absolument rien. Peut-être l'avait-elle croisée lors d'une réception à Beaurepaire, d'où l'impression d'avoir déjà entendu parler de mademoiselle de Laroche.

— J'ai rencontré Caroline lors de mon voyage à Paris, ajouta Edward. C'est une patriote à vous… et à moi ! ajouta-t-il en embrassant la main de la comédienne.

— Oh ! Edward, vous n'êtes qu'un coquin, répondit Gisèle avec un formidable sourire.

Violet écarquilla ses grands yeux et eut soudain du mal à déglutir en les voyant si complices. Il lui fallait déguerpir au plus vite de cette douloureuse scène si elle ne voulait pas défaillir devant eux.

— Hmm… Bien ! Je vous laisse tout à votre promenade, réussit-elle à dire avant de s'en aller d'un pas rapide.

Arrivée au détour d'un autre bosquet, Violet ne put s'empêcher de laisser parler ses pleurs. Appuyée sur le tronc d'un énorme chêne, elle pleura longuement en se demandant pourquoi elle avait ce caractère si détestable qui lui avait fait perdre l'amour de sa vie. Les yeux levés vers le ciel, elle interrogea silencieusement le Seigneur.

Mais en vain…, elle ne reçut aucune réponse.

C'est d'un pas décidé qu'elle s'en alla en direction de la ville, avec une seule idée en tête : se rendre à l'abbaye la plus proche.

Après tout, n'était-ce pas l'endroit le plus approprié pour Lui parler ?

Après plus d'une heure de marche, elle entra dans l'abbaye Saint Sutton Courtenay située dans la ville de Didcot dans laquelle elle ne trouva âme qui vive. Au bout d'une longue minute, personne n'apparut, mais dans ce silence pesant, elle finit par entendre le père François ronfler sur un banc près de l'autel. Elle pénétra complètement dans l'édifice, se signa et parcourut la longue allée pour rejoindre ce dernier. Elle le réveilla en le suppliant de la recevoir. Elle voulait absolument aller à confesse.

*« Voilà, ma chère amie ! Nous sommes revenues au tout début de cette histoire, à l'endroit même où lady Violet, les yeux larmoyants, tente en vain de confesser tous ses péchés au père François… »*

# Chapitre 21

*Didcot, Abbaye Saint Sutton Courtenay, dimanche 23 juillet 1899*

Plus d'une heure s'était écoulée et Violet parlait toujours. Elle avait confessé pour ainsi dire, presque tous ses péchés. Et, là, elle en arrivait presque à la fin. Comme il avait beaucoup plu dans l'heure précédente, elle était arrivée dans la petite abbaye trempée. C'est pourquoi elle finit par frissonner avant qu'un éternuement ne la prenne de court. Bien entendu, elle était partie si rapidement de chez elle qu'elle en avait également oublié son petit réticule en plus de son panier en osier.

Aussi comment se moucher et s'essuyer les yeux lorsque l'on n'avait pas de mouchoir ?

Soudain, une main venant de l'extérieur se glissa sous l'épais rideau de velours rouge-grenat. Le regard troublé par ses larmes, Violet regarda celle-ci qui secouait un mouchoir immaculé. Elle remercia la personne sans prendre la peine d'ouvrir le rideau. Elle s'essuya les yeux et entreprit de se moucher avec le beau tissu. Le père François émit un petit ronflement qu'elle prit immédiatement pour un grognement d'énervement. Elle reprit finalement sa confession tout en triturant entre ses doigts le beau mouchoir brodé. Elle arrivait enfin à la fin de ses aveux et ses derniers mots furent ceux-ci :

— Oui, je crois que je l'aime, mon Père ! J'aime Edward…

Toute la tension s'envola et elle explosa en pleurs. Au moment même où elle allait essuyer ses belles prunelles avec le beau mouchoir, elle aperçut les initiales gravées sur le coton de soie : *E.S.*

Instantanément et non sans difficulté, elle ravala ses sanglots tout en se relevant de son assise. D'un coup sec, elle tira sur le rideau pour l'ouvrir et connaître la personne à laquelle appartenait ce mouchoir, même si elle avait bien sa petite idée… C'est ainsi qu'elle tomba nez à nez avec Edward. Il était là, debout, depuis certainement un bon bout de temps, et souriait bêtement. Violet, quant à elle, était fortement contrariée.

— Que faites-vous ici à m'espionner, Monsieur ? s'écria-t-elle en ressortant de la petite cabine en bois d'acajou.

Ce qui eut pour effet de réveiller en sursaut le père François. Mais lorsqu'il entendit le timbre de voix avec lequel la jeune femme conversait, il préféra rester bien à l'abri dans le petit habitacle. Cela lui semblait plus prudent, car Violet semblait capable de tout.

— Alors, Milady ? C'est vrai ! Vous m'aimez ! s'exclama Edward.

— Non ! Certainement pas !

— Mais, vous venez de l'avouer au prêtr...

Violet ne lui laissa pas le temps de finir sa phrase.

— Je connais un autre Edward, déclara-t-elle, en passant devant lui d'un pas pressé.

Edward, complètement chamboulé par ses paroles, la poursuivit jusqu'au-dehors de l'édifice religieux.

— Allons, vous mentez ! Je peux le voir à votre regard, Milady. Vous mentez, j'en suis sûr !

— C'est votre suffisance qui vous fait dire cela, Monsieur ! Comme d'habitude ! Allez au Diable ! rétorqua-t-elle les yeux brillants. Et allez retrouver votre… votre Caroline de Laroche !

Voilà ! Elle avait craché toute sa douleur, son mépris et en même temps tout son amour pour lui !

Quoi de mieux pour rendre un homme fou d'amour qu'en lui jetant au visage sa jalousie féminine ?

Inévitablement, elle se sauva en courant et bien évidemment, il la rattrapa en moins d'une minute. Il l'agrippa par le bras et l'emmena presque contre son gré jusqu'à une petite ruelle qui se trouvait à deux pas d'eux. Il plongea son regard dans le sien et dans un mouvement qu'il ne put contrôler, il déposa ses lèvres sur les siennes. Elle essaya de le repousser, bien qu'elle ne mît que peu de volonté à s'exécuter. Il se saisit de sa bouche, força toute en tendresse la barrière de ses dents avec sa langue qu'il plongea avec délice dans sa tiédeur. Lorsqu'il la sentit l'accepter et se laisser aller entre ses bras, il l'emporta avec lui dans un monde de sensations dans lequel ils voyagèrent ensemble, du même côté. Lorsqu'il la sentit totalement molle dans ses bras, il détacha ses lèvres des siennes, porta sa main sous le menton de la jeune femme et lui releva le visage afin de plonger son regard dans le sien. Le regard de la jeune femme était si brillant que l'on aurait dit deux améthystes qu'elle avait à la place des yeux.

— Je vous aime, Lady Violet.

— Mais…, Mademoiselle de Laroche ?

Il la fixa avec un tendre sourire qui se transforma en un sourire mutin.

— Que va-t-il lui arriv…, ne put-elle terminer sa phrase.

Eh bien ! Il lui en avait fallu du temps pour comprendre les desseins d'Edward ! Elle semblait enfin se remémorer ce nom et surtout à quel moment elle avait bien pu l'entendre. Le souvenir de l'avoir utilisé pour berner Edward lui revint à son bon souvenir. Tout en se mordillant la lèvre inférieure et en essayant de ne pas laisser sa joie exploser au grand jour, elle prit une grande inspiration et cligna des yeux avant de lui répondre à son tour.

— Je vous aime, Lord Edward.

Enthousiasmé par ses paroles, Edward, totalement épris, scella à nouveau sa bouche sur la sienne avant de se noyer avec elle dans la chaleur d'un échange passionné.

Comme Edward avait attaché son cheval à un anneau sur le côté du parvis, il le récupéra et raccompagna la jeune femme chez elle à dos de cheval. Durant la demi-heure où ils chevauchèrent ensemble, Edward ne put s'empêcher de déposer plusieurs petits baisers dans le cou de Violet. Bien qu'elle trouvât cela fort agréable, elle lui demanda de cesser. Mais elle mit si peu de convictions dans sa requête qu'il n'en tînt absolument pas compte. Cependant, trop d'émotions habitaient le corps de Violet, et sentir déjà les bras puissants du jeune homme autour de sa taille lui demandait un effort considérable pour ne pas se retourner et s'y blottir totalement.

Edward la rendait folle !

Quoiqu'elle aussi le rendît fou ! Fou d'amour, fou de passion, fou de joie…

Ils avaient déjà fait un grand pas l'un vers l'autre aujourd'hui. Il ne restait plus à Edward qu'à lui *re*faire sa demande. Seulement, il ne voulait pas se faire éconduire une seconde fois !

Il songea que patienter encore un peu et attendre le moment

opportun pour lui demander sa main était la meilleure façon de faire afin qu'elle ne lui oppose aucun refus. D'autant qu'à ce jour, il n'avait plus de bague à lui offrir…

Violet était tout heureuse de se sentir aimée. C'était un drôle de sentiment qui s'était emparé d'elle. Son corps vibrait de sensations plus fortes qu'à l'habitué. La veille, Edward lui avait dit les mots qu'elle rêvait d'entendre depuis des mois. Elle aussi s'était déclarée.

Toute à ses pensées, elle marchait dans le petit sous-bois, le regard rivé vers le ciel. Elle passa sous un chêne géant et s'y arrêta quelques minutes. Elle admirait les rayons du soleil qui traversaient avec difficultés les branches noueuses et chargées de feuilles du bel arbre. De petites particules volaient de-ci, de-là.

— Voilà ce que nous sommes…, se dit-elle à voix basse en soufflant vers le rai lumineux.

Pendant un court instant, les petites impuretés se transformèrent en étoiles filantes — le reflet de la lumière scintillant sur leurs surfaces minuscules. Celles-ci poursuivirent leurs courses jusqu'à se perdre dans l'air tiède. Elle ferma les yeux et continua de se parler d'une voix plus haute, pensant être seule.

— Et voilà ce que je suis : une minuscule poussière…, se dit-elle en expirant l'air de ses poumons vers le ciel.

Edward, qui l'avait entendue se parler, surgit au détour de l'énorme tronc qui avait dissimulé son arrivée.

— Je peux alors vous dire, Milady, que si vous êtes une poussière, vous êtes certainement la plus merveilleuse qui existe au monde. Et je n'ose espérer être pour vous, le rayon de lumière qui viendra vous donner tout votre éclat.

— Je pensais être seule, Monsieur, répondit-elle en se tournant vers lui avec un magnifique sourire accroché à ses lèvres.

— Et je suis heureux que vous ne le soyez pas, Milady, répondit-il en s'approchant d'elle. Mais je manque à tous mes devoirs. Je ne vous ai pas encore dit bonjour.

— Oui. En effet, Monsieur ! répondit-elle tandis qu'il entrelaçait ses doigts aux siens.

— Eh bien ! bonjour, dit-il en déposant un baiser tendre sur ses lèvres avant de la fixer d'un sourire enjôleur.

— Eh bien ! bonjour, répéta-t-elle en l'embrassant à son tour.

— Voilà de nouveau que vous répétez ce que je dis, Milady. Aussi, comment vous punir, cette fois-ci ? la questionna-t-il, leurs mains toujours unies.

— Me punir, Monsieur ? répéta-t-elle. Vous n'allez tout de même pas recommencer ce numéro ridicule des boutons, s'exclama-t-elle en se détachant de ses mains. De toute manière, je n'en ai pas aujourd'hui, comme vous pouvez le constater, répondit-elle en faisant un tour complet sur elle-même.

Elle n'eut pas le temps de finir de se retourner vers lui, qu'il la rattrapait déjà entre ses bras.

— Non, je crois qu'il vous faut une punition bien plus grande, Milady.

C'est avec un tressautement sur la tempe et le regard brillant, tout en maintenant sa main dans la sienne, qu'il posa son genou droit à terre.

— Accepteriez-vous, Lady Violet, de vous embarquer avec moi dans le plus grand et le plus beau des voyages de la vie ?

Elle, qui avait eu chaque jour l'espoir de l'entendre lui faire à nouveau sa demande, se retrouva muette devant une telle déclaration.

— Ce sol est humide, dit-il en faisant mine d'éternuer.

Avec une joie comprimée dans un sourire, elle le fixa de son regard qui avait pris une extraordinaire couleur lilas tandis qu'il enveloppait ses mains des siennes.

— Oui ! Oh, oui ! répéta-t-elle en se jetant dans ses bras lorsqu'il se releva pour l'enlacer.

Le cœur léger, il l'embrassa avec toute la fougue d'une passion qu'il contenait depuis des mois voire des années. Elle se laissa aller contre lui et leurs corps s'embrasèrent dès qu'ils se touchèrent. À bien les regarder, il semblait que quelques règles de la bienséance n'avaient jamais fait partie de leur belle éducation. Ou alors, si peu ! Heureusement pour leur âme, il leur en restait quelques grammes…

Edward s'arrêta de l'embrasser pour mieux la regarder. Elle avait le visage rosi d'émoi et lui ne se sentait guère mieux.

— Ma chère Violet, j'espère que vous ne m'en voudrez pas de n'avoir pas de bague à vous offrir. Je ne sais comment je me suis débrouillé, mais j'ai égaré l'anneau que je vous destinais.

Le cœur de Violet se gorgea d'un puissant courant. Avec un sourire, elle ouvrit son réticule et se saisit de l'anneau qu'elle avait placé dedans déjà la veille, lorsqu'elle avait eu l'espoir de le revoir seul dans le sous-bois. Sur le moment, elle s'était dit que cela ferait toujours un sujet de discussion au cas où leur échange ne s'avérerait pas si simple.

— Une de nos servantes l'a retrouvée dans les plis de la robe que je portais à la réception…

— Oh ! Celle-ci a dû m'échapper des mains, rétorqua-t-il en l'interrompant tout en se saisissant du magnifique bijou. L'avez-vous essayée ?

— Non !

— Non ?

Violet éclata de rire en voyant l'air interloqué d'Edward.

— J'ai préféré me dire qu'il se pourrait que vous ayez l'envie, vous-même, de le glisser à mon doigt…

Et Edward s'exécuta les mains légèrement tremblantes. L'anneau était parfaitement ajusté à l'annulaire de Violet. Elle se laissa à nouveau embrasser avec toute la ferveur qui habitait le corps d'Edward.

— Je crois, Milady, que nous devrions marcher un peu. Je ne sais pas si cela nous calmera, mais j'ai bien peur que votre père n'accepte pas de me donner votre main, s'il s'imagine des choses peu bienveillantes à mon égard, annonça-t-il avec un petit sourire mutin auquel elle répondit.

Il porta les mains à ses lèvres afin d'y écraser de tendres baisers dessus. Il la regarda à nouveau avant d'ajouter :

— Vous êtes la seule femme que je veux aimer à tout jamais.

Tout en souriant à cette remarquable déclaration, le visage de Violet se mit à rougir encore plus, si tant est que cela lui soit possible. Elle laissa un rire cristallin s'échapper de sa bouche sans qu'elle puisse le retenir. Elle était tout bonnement heureuse. Soit dit en passant, tout autant que son compagnon qui s'arrêta de marcher à nouveau. Il la fixait d'un regard d'envie et plus elle se mordillait la lèvre inférieure et plus un désir puissant lui envahissait tout le corps. Il l'embrassa encore et encore jusqu'au moment où il releva la tête tout en tenant celle de Violet entre ses mains.

— Hâtons-nous de nous marier, Milady ! Je ne crois pas pouvoir tenir plusieurs semaines ainsi…

Elle gloussa à ses paroles et remua la tête en signe d'acquiescement. Il se rapprocha d'elle à nouveau ce qui lui permit de l'entendre lui murmurer à l'oreille ceci :

— Oui, je peux dire que je crains pour votre survie. Et la mienne aussi ! ajouta-t-elle avec le regard amoureux avant de se laisser de nouveau enlacer par les bras fermes et protecteurs de cet homme qu'elle aimait tant.

*« Et c'est ainsi, ma chère amie, que lord Edward scella à nouveau sa bouche sur celle de lady Violet, en un baiser fougueux, bien loin des convenances… »*

# *Chapitre 22*

*Coscote Hall, vendredi 11 août 1899*

Lady Marjorie avait raté son deuxième coup. Mais elle avait toujours été tenace. Déjà au pensionnat, lorsqu'elle avait décidé de s'en prendre à l'une des jeunes filles, celle-ci avait eu peu de chance de s'en sortir sans dégât. D'autant que lady Marjorie avait le don de s'acharner sur ce qui la gênait. Elle n'avait eu alors aucun scrupule à poursuivre avec ardeur ladite jeune fille tant qu'elle n'avait pas obtenu ce qu'elle voulait : l'écraser afin de l'évincer de sa route. À moins qu'elle ne trouvât quelqu'un d'autre à harceler…

Ce qui, pourtant, n'était pas le cas présent. Là, elle avait toute la famille Pembroke au grand complet, en plus de celle d'Edward.

Deux familles pour le prix d'une seule !

Il faut dire que la rage avait envahi chaque pore de sa peau à l'instant même où l'annonce d'une union imminente entre lord Edward et lady Violet lui était parvenue aux oreilles. Lady Marjorie était rentrée dans une colère monstre. Sa fille et son mari avaient décidé de la laisser dans son coin se calmer toute seule. Elle devenait chaque jour de plus en plus autoritaire, irascible et si désagréable que ce dernier envisagea même de demander le divorce. Auparavant, elle terrorisait déjà sa fille dès l'instant où elle s'était mise en tête de lui faire épouser lord Edward. Aussi, maintenant que celui-ci n'était plus libre, elle s'en prenait directement à Lavinia, en lui donnant un soufflet à chaque fois qu'elle la croisait, sans manquer de lui signifier que tout ceci était uniquement de sa faute et qu'elle n'aurait jamais un homme à ses pieds, comme elle. Lavinia, une jeune fille d'à peine dix-sept ans et malheureusement fortement renfermée sur elle-même, voulut mettre fin à ses jours. Ce fut son père qui la retrouva inconsciente dans sa chambre après qu'elle eut avalé des cachets en grand nombre. Il la fit transporter à l'hôpital et demanda à son valet de pied de préparer deux valises. Une pour sa fille et une autre pour lui. Il ne comptait plus rentrer chez lui avant que le divorce ne soit prononcé. Il en voulait énormément à sa femme. Aussi, sans lui en toucher un seul mot, il avait saisi un juge pour exécuter la demande de divorce qu'il avait fait parvenir par porteur à sa femme. Cette demande lui notifiait qu'elle devait se trouver un autre endroit pour vivre et qu'il lui serait versé une compensation afin qu'elle ne se retrouve pas à la rue.

Elle lui avait tout de même donné une fille et un garçon, même si ce dernier avait fui la maison très tôt à cause de sa mère pour s'engager dans l'armée de Sa Majesté.

Le comte de Warwick ne voulait surtout pas se montrer aussi détestable que sa femme l'était envers lui et leurs enfants. Cependant, comme rien de ce qui se trouvait dans la demeure des Warwick n'appartenait à lady Marjorie, la folie la reprit aussitôt. Néanmoins, elle s'y enferma avec le souhait de trouver un moyen de se venger de tous !

La préparation du mariage de Violet et d'Edward demanda plusieurs semaines. Durant ce temps, Edward avait rendu visite à Violet tous les jours. Les promenades ne connaissaient plus les disputes qu'ils avaient partagées précédemment. Il leur arrivait encore de ne pas être d'accord sur certains sujets, mais ils avaient un remède infaillible à cela. Ils s'embrassaient tout simplement jusqu'à en perdre leur souffle. Heureux, Edward raccompagnait Violet et tous deux se séparaient à chaque fin de journée dans l'attente de mieux se retrouver au lendemain matin.

C'est durant une matinée agréablement douce de la mi-septembre que Violet et Edward échangèrent leurs vœux en l'Abbaye Sainte Sutton de Courtenay, le lieu qui les avait réunis. Lady Susan était heureuse en voyant sa fille si épanouie. Elle repensa à leur dispute passée en France, presque dix mois plus tôt, lorsqu'elles s'étaient trouvées en désaccord pour leur déménagement. Elle remerciait Dieu de lui avoir donné assez de force de caractère pour contrer sa fille. Ainsi, aujourd'hui, elles avaient toutes deux le cœur gorgé d'amour ainsi que la passion et le désir de deux hommes qui les aimaient sans fin.

De retour à la demeure du duc de Bridgewater, la réception, qui succéda à la messe nuptiale, se déroula sans aucune embuche. Mais cela était sans compter sur lady Marjorie qui, à nouveau, n'avait pas été conviée. Celle-ci se rendit chez les Pembroke et, tout comme la première fois, elle passa sans difficulté le barrage du majordome. Elle alla ensuite déposer son présent sur la pile de cadeaux, qu'il y avait déjà sur une table ronde, et versa de la poudre dans une coupe remplie de champagne. Elle se saisit d'une seconde coupe et tout comme la première fois, elle la tendit à son ennemie.

Sauf que cette fois-ci, il s'agissait de lady Violet Somerford !

— Ma chère ! dit-elle en lui présentant la coupe empoisonnée.

— Lady Shirley, répondit froidement cette dernière sans prendre le verre qu'elle lui tendait indéniablement.

— Je sais que nous ne sommes pas très proches, ma chère enfant… Je ne sais si vous avez su pour ma Lavinia, dit-elle les yeux larmoyants.

— Oui, j'ai appris le malheur qui lui est arrivé, répondit Violet, changeant de ton lorsqu'elle fut prise par l'émotion de cette mère affligée par le chagrin.

— Je ne voudrais pas abuser de votre générosité, mais je me demandai si vous auriez la bonté de lui rendre visite. La pauvre petite n'a pas d'amie, vous comprenez.

Violet se radoucit à ces paroles. Elle n'avait vraiment rien contre Lavinia. C'était une jeune fille, à peine sortie de l'adolescence et trop timide pour être à l'aise en société. Et Violet avait le cœur tendre, par conséquent, si sa présence auprès de Lavinia pouvait lui redonner goût à la vie, c'est sans hésitation qu'elle irait la voir. Ce qu'elle précisa à lady Marjorie.

— Vous m'en voyez ravie, Lady Violet. Je vous remercie pour elle. Eh bien, trinquons ! Voulez-vous bien ?

Et tout comme la première fois, elle allia le geste à la parole.

Violet but son verre entièrement puisqu'il n'était rempli qu'à moitié. Lady Marjorie salua cette dernière et ressortit comme elle était rentrée dans la demeure, sans que personne ne s'aperçoive vraiment de sa courte visite.

Cette fois-ci, elle était sûre de son coup !

Elle avait utilisé une plante bien plus toxique que lors de sa première tentative…

Violet retourna auprès de son mari lorsqu'une douleur vive la saisit au ventre.

— Mon Dieu ! Edward ! s'écria-t-elle.

Et elle s'écroula sur le sol, le corps plié en deux. Elle transpira soudainement et elle sentit un goût âpre dans sa bouche. Edward était déjà à genou devant sa femme. Elle essayait de lui dire quelque chose, mais, bien qu'il la vît articuler, aucun son ne sortit de sa bouche. Il cria le nom du docteur Clevedon, qui faisait partie de la fête, tout en emportant entre ses bras sa femme qui se tordait dans tous les sens. Pendant qu'il grimpait les marches du grand escalier, elle réussit à lui souffler qu'elle avait bu un verre de champagne avec lady Marjorie. Et maintenant, elle avait un goût âpre dans la bouche. Ce furent ses derniers mots avant qu'elle ne perde connaissance comme sa mère quelques mois plus tôt. Arrivé devant la porte de la chambre de Violet, une bonne qui l'avait précédé, lui ouvrit la porte, tandis qu'une autre défaisait le lit rapidement afin qu'Edward dépose son épouse dessus délicatement. Le médecin précédait leurs pas et pénétra lui aussi dans la chambre. Edward s'adressa rapidement à ce dernier avant de laisser sa femme entre ses mains lorsqu'il vit, au travers de la vitre de la chambre, une voiture qui se trouvait sur la Grande Allée et qui se dirigeait vers la sortie des lieux. Il ressortit précipitamment de la pièce sans un mot de plus, tant il souffrait et qu'une colère sourde grondait en lui. Il redescendit en courant le grand escalier qui l'amenait au-dehors. Là, à environ deux cents mètres de lui, il vit la voiture de lady Marjorie passer tout juste le grand portail. Il continua à courir jusqu'aux écuries et monta à cru un étalon qu'il fit partir au grand galop. Il rattrapa en quelques minutes la voiture particulière de lady Marjorie. Il fit stopper celle-ci en sifflant le cocher. Il descendit rapidement de l'étalon, ouvrit la portière en l'arrachant presque et fit redescendre de la voiture lady Marjorie, qu'il attrapa durement par le bras. Cette dernière essaya bien de se débattre, mais en vain.

— Êtes-vous devenu fou, Monsieur ? s'exclama-t-elle, comme si elle semblait surprise de le voir ainsi.

Mais face à un Edward fou de rage, elle n'avait aucune chance !

— Dites-moi ce que vous avez donné à ma femme ! hurla-t-il.

— Votre femme ! s'exclama-t-elle, soudain, la rage au ventre d'entendre Violet se faire appeler ainsi.

Elle avait tant misé pour que ce soit sa fille Lavinia qui porte ce *titre*.

— Elle ne le sera plus pour très longtemps, croyez-moi ! rétorqua-t-elle avant de rire à gorge déployée telle une folle en liberté.

C'est ainsi qu'Edward fit ce qu'il pensait ne jamais pouvoir faire de sa vie. Sa main s'abattit sur le visage de lady Marjorie. Une gifle retentissante lui souffla le visage. Elle poussa un cri de furie, mais déjà Edward resserrait à nouveau ses doigts sur ses bras, à lui en faire mal. Elle rugissait de colère, pourtant, il n'en tint pas compte. La vie de sa femme était en jeu et il ne comptait pas perdre cette partie. Il la secouait à présent comme une poupée de chiffon, manquant presque de lui déchirer sa cape et de lui faire tomber la tête du corps.

— Vous ne vous en sortirez pas comme cela ! La prison ! Que dis-je ? La pendaison vous attend, et je ferais en sorte qu'elle soit longue, Madame ! Longue et douloureuse s'il arrive quoi que ce soit à ma femme ! s'écria-t-il, la gorge serrée.

Lady Marjorie déglutit soudainement. La folie passée, elle se rendait compte de son erreur.

*— Sotte que je suis ! J'aurais dû envoyer quelqu'un à ma place pour faire cette besogne !* pensa-t-elle.

Mais il lui fallait se sortir de cette situation. Elle n'avait pas l'intention d'avoir les marques d'une corde autour du cou. Et ce, sûrement pour l'éternité...

— Elle a dû avaler par inadvertance de la *Grande Ciguë*, dit-elle en regardant par mégarde sa bague.

Edward relâcha lady Marjorie sans ménagement avant de lui arracher aussitôt du doigt ladite bague. Il remonta le pur-sang qui renâcla et repartit au grand galop vers le domaine. Il arriva quelques minutes plus tard dans la demeure. Durant tout ce temps, le docteur Clevedon avait bien diagnostiqué un empoisonnement, mais la dose devait être importante, car Violet était toujours inconsciente. Ne sachant pas quel poison avait été utilisé, il n'y avait plus qu'à attendre un miracle, lequel, malheureusement, n'arrivait pas. Comment soigner la jeune femme sans savoir quelle solution lui administrer ? S'il lui donnait un vomitif incompatible, cela pourrait lui être fatal.

Finalement, le miracle apparut !

Edward, après avoir enjambé les marches du grand escalier quatre à quatre, avait ouvert la porte de la chambre avant de s'écrier que sa femme venait d'être empoisonnée avec de la *Grande Ciguë* par lady Marjorie. Et tout en disant ces paroles avec un regard anxieux pour sa femme allongée et inerte, il tendit la bague au médecin. Ce dernier l'ouvrit et reconnut immédiatement le poison nommé. Il fouilla dans sa sacoche et en ressortit un flacon rouge. Au lendemain de l'empoisonnement de lady Susan, et après une longue conversation avec le duc, il s'était attelé à la confection de plusieurs antipoisons au cas où d'autres cas similaires se produiraient.

Ce qui, incontestablement, était une aubaine pour Violet !

Cependant, il y avait urgence, car cette dernière était toujours inconsciente. Edward fixa le médecin afin de le voir prendre une aiguille pour piquer le pied de sa femme et ainsi pouvoir lui faire prendre ce breuvage. Au lieu de cela, celui-ci transvasa le produit du flacon rouge dans une seringue et ne se dirigea pas vers le bas du corps de Violet, mais plutôt vers le haut. Il lui dégrafa le col de sa robe de mariée et rechercha la jugulaire. Il injecta le contenu de la seringue dans la veine dont le pouls battait faiblement et demanda à Edward de bien vouloir patienter.

Ce que ce dernier refusa net !

— Dites-moi ce qu'il va arriver à ma femme ! s'écria-t-il.

— Cela ne devrait plus tarder, My Lord, répondit-il tout simplement, malgré son front qui se mit à transpirer lorsqu'il fut envahi d'un léger doute.

C'est avec les mains tremblotantes qu'il attrapa un petit récipient et demanda à Edward de l'aider à positionner sur le côté son épouse. Ils finissaient à peine de l'installer, qu'elle se mît à vomir. L'inquiétude battait son fort dans la tête d'Edward, car Violet n'ouvrit pas les yeux.

— C'est une réaction normale à la solution que je viens de lui administrer, déclara le docteur Clevedon, content que celui-ci fonctionne. Elle va régurgiter plusieurs fois avant de se réveiller.

Ce qui s'avéra exact…

Il fallut néanmoins plus d'une heure avant de voir son état s'améliorer quelque peu afin qu'elle se réveille enfin.

— Mon Amour, prononça Edward, le cœur palpitant en revoyant les beaux yeux violets de son épouse.

— Edward, réussit-elle à peine à murmurer avant que son corps ne se mette à trembler brutalement.

— Que se passe-t-il, docteur ? s'écria à nouveau Edward.

— Ce n'est rien ! C'est une réaction tout à fait normale, insista le médecin en essuyant son front de son mouchoir.

Violet transpira à nouveau abondamment. Le docteur Clevedon lui fit avaler pour finir de l'eau vinaigrée afin de soigner les symptômes inflammatoires que l'empoisonnement pourrait laisser derrière lui. Il n'était jamais facile de savoir si les organes ne seraient pas atteints de dégradations ultérieures dues à un tel poison. Qui plus est, il ne fallait surtout pas qu'elle se déshydrate, car elle allait de nouveau transpirer énormément dans les heures à venir. Il exigea une attention particulière, comme il l'avait déjà prescrite pour sa mère lors de son empoisonnement.

Après plusieurs jours de combat, Violet s'en sortit comme par miracle, même si ce dernier, pour se réaliser, avait fortement été aidé par son mari et par le docteur Clevedon.

Ils l'avaient sauvée, c'était certain !

Et la renommée déjà connue du docteur Clevedon ne ferait que s'accroître avec la guérison miraculeuse de lady Violet.

Du reste, cette dernière souriait faiblement à son mari. Certes ! Ce sourire était faible, mais ce qui comptait, c'est qu'elle souriait à nouveau.

Sa mère, son père ainsi que les parents d'Edward lui avaient rendu de fréquentes visites, comme ce jour-ci, où ils se trouvaient tous autour d'elle aux côtés d'Edward. Mais aujourd'hui était un jour différent. Ils se rendirent compte que la jeune femme était maintenant saine et sauve et ne risquait plus rien. Dans un silence qu'ils voulurent discret, ils ressortirent tous de la pièce laissant derrière eux les jeunes mariés tout à leur bonheur.

*« Cette histoire, ma chère amie, pourrait se terminer ainsi ! Mais*

comment aurais-je pu vous délaisser sur cette phrase ? Sachez que je n'ai pu m'empêcher de vous réserver un épilogue quelque peu… grivois ! »

*Épilogue*

La nouvelle vicomtesse de Berkeley se sentait bien mieux. Surtout, depuis que son mari, après lui avoir fait connaître les joies de l'amour, continuait de la chérir chaque jour naissant. Il leur arrivait quelquefois de se chamailler. Ce qui donnait l'occasion à Edward de lui dispenser une punition qui outre mesure, ne semblait pas désoler Violet. On aurait même dit qu'elle piquait son mari uniquement pour le voir se pencher sur elle et la punir d'un baiser langoureux.

Quand ce n'était pas ses mains qui la punissaient par de tendres caresses ou bien sa langue qui trouvait d'elle-même son chemin…

À la suite de leur union, Violet et Edward s'étaient vu offrir par les parents de ce dernier, l'une de leurs propriétés situées à Appleford. Celle-ci se trouvant non loin des parents respectifs des jeunes mariés, cela permit à Violet de profiter — en même temps que les joies du mariage — de sa petite fratrie ainsi que de son père qu'elle pouvait voir fréquemment, dès lors que ce dernier n'avait pas de dossier qui l'empêchait de se retrouver en famille. Et justement, dernièrement, il s'était occupé d'un dossier bien particulier : l'arrestation de lady Marjorie. Cette dernière avait eu beau quitter la ville, cela n'avait pas empêché les forces de l'ordre de l'arrêter aisément. Évidemment, lord Pembroke avait fait mettre un prix sur la tête de celle-ci.

Aussi, avec une récompense de dix mille livres, son arrêt fut signé en moins de trois jours !

Malgré tout, la pendaison n'eut pas lieu. À la place, elle se retrouva déportée dans la prison de Reading dans laquelle la mort, par l'insalubrité qui y régnait, ne tarderait sans doute plus à l'atteindre. Quoiqu'une mort immédiate lui eût été certainement plus douce. Mais tel était le prix à payer pour ses horribles forfaits…

Lady Susan et sa fille, n'ayant donc plus rien à craindre de cette forcenée, continuèrent à vivre en parfaite harmonie auprès de leur mari. Et le mariage avait fortement calmé le caractère tempétueux de Violet. Qui plus est, elle s'était débarrassée enfin de ce travers qui ne lui avait pas facilité la vie durant son enfance et encore moins toutes les années suivantes jusqu'à ces dernières semaines. D'ailleurs, c'est en discutant avec son mari qu'elle s'en rendit vraiment compte. Elle était encore en train de défaire des malles, à la suite de leur emménagement dans leur nouvelle demeure, lorsqu'elle ressortit d'une pochette en velours rouge, une petite boîte en bois. Elle en releva le couvercle et se mit à déglutir tout en écarquillant ses jolis yeux lorsqu'elle aperçut à l'intérieur de celle-ci un bouton de manchette en or.

— Oups !

— Oups ? répéta son mari qui se trouvait lui aussi dans leur chambre.

Violet, déglutissant à nouveau, hésita à montrer ledit bijou à son cher mari.

— Que me cachez-vous là, mon épouse ? l'interrogea-t-il en s'approchant dangereusement d'elle.

— Heu... Absolument rien, mon tendre mari, répondit-elle d'une voix mourante tout en gardant caché ledit bouton dans sa main droite, qu'elle masqua aussitôt derrière son dos.

— Vraiment ? Rien ?

— Rien ! Je vous l'assure, répondit-elle d'une voix plus ferme.

Edward la fixa tout en secouant la tête afin de comprendre ce qu'avait voulu dire sa femme. Il n'avait jamais rien su de sa cleptomanie et, pendant tous ces mois passés, il avait cru qu'il était devenu tête en l'air au point d'égarer montre, foulard, mouchoir et autres babioles qu'il avait eus sur lui. Violet le fixa tout en soupirant fortement avant de se résigner à lui dire ce qu'elle avait dans la main.

— Il se pourrait bien, mon mari, que ceci vous appartienne.

Et tout en lui disant ces mots, elle lui tendit le petit bijou toujours serti de son émeraude.

— Où l'avez-vous retrouvé ? Cela fait des mois que je le cherche, sans succès. C'est l'un des boutons de manchettes que ma mère m'a offerts à ma sortie d'Eton.

— Il se peut que je m'en sois saisie, répondit-elle en rougissant. Par inadvertance…

— Par inadvertance ? répéta-t-il en inclinant sa tête.

— Heu…, oui…, saisie… par inadvertance…, le jour où vous m'aviez surprise dans la galerie d'art de vos parents, dit-elle en déglutissant avec difficultés.

Il se remémora cet instant et une douceur mordante lui titilla l'entrejambe. Comment aurait-il pu oublier cette minute durant laquelle elle s'était retrouvée sur lui et avait déposé sciemment sa bouche sur ses lèvres ?

— Hum.

— Hum ? le mima-t-elle.

— Vous recommencez, ma chère ! lui signifia-t-il en la fixant à nouveau d'un regard mutin. Bien ! Je crois qu'une nouvelle punition s'impose, annonça-t-il en s'approchant d'elle encore plus qu'il ne l'était déjà.

Devenue muette par les paroles de son doux mari, elle le regarda avec ses prunelles, d'un bleu lilas profond et velouté, luisantes d'une forte brillance en cet instant. Il approcha doucement ses mains qu'il déposa délicatement sur ses fines épaules. Il fit remonter sensuellement ses doigts jusqu'à son cou délicat avant de commencer par défaire un premier bouton de son col, puis un second et encore un autre, jusqu'à ce que la robe de sa femme chute à ses pieds. Débarrassé de sa magnifique toilette, il souleva dans ses bras musclés sa belle, pour la déposer avec douceur sur leur lit. Elle lui présenta sa bouche pour qu'il l'embrasse, cependant…

— Tsss ! Croyez-vous que votre punition doit être délicieuse ? Vous n'aurez aucun baiser, Vicomtesse…, dit-il avec un sourire et une envie grandissante qui lui déchirait le ventre.

Afin de mieux la regarder haleter sur l'édredon de soie dorée, il recula d'un ou deux pas. Avant même qu'elle ne le réclame, il se rapprocha d'elle à nouveau et lui délaça son corsage avec une lenteur mesurée. Violet quémanda de sa bouche un baiser, mais c'est l'index d'Edward qui vint se poser délicatement en biais sur ses lèvres.

— Chut…, murmura-t-il à son oreille.

Ce qui donna à la belle, une vague de frissons dans tout le corps. Il décida de continuer son petit jeu et glissa son pouce à l'intérieur de la bouche de sa femme avec sensualité. Elle encercla aussitôt son index de ses lèvres tandis qu'Edward le lui retirait déjà pour mieux caresser avec légèreté les lèvres si pulpeuses de sa bien-aimée. Puis, tout en rapprochant son visage fort près du sien, il la fixa d'un regard de convoitise tandis que Violet le regardait avec gourmandise. Il la trouvait tellement désirable qu'elle soit si soumise pour un seul de ses baisers, et encore plus, lorsqu'elle se déhancha sur place pour l'atteindre... Mais il penchait déjà sa tête sur le côté afin de mieux pouvoir lui ôter ses dessous. Il dégagea sa poitrine généreuse et elle poussa un profond soupir lorsqu'il l'embrassa dans le cou puis glissa sa bouche sur le haut de ses seins sans prendre la peine de les dévorer encore, bien que Violet dégageât sa tête vers l'arrière pour l'inciter à s'y prêter.

— Edward ! Je suis assez punie, réussit-elle à lui dire avant qu'il ne la fasse taire en glissant sa main sous le tissu de dentelle de Chantilly qui habillait sa féminité.

Elle se dandina pour lui permettre un accès plus facile qu'il apprécia fortement.

— Edward, oh ! marmonna-t-elle avant qu'il ne se mette à caresser sensuellement son bouton de rose tout en glissant ses doigts plus en profondeur dans sa moiteur.

Tout en continuant de sa main ses caresses, il embrassa sa gorge avant de se saisir d'un sein qui ne demandait qu'à être dévoré. Sa femme haletait plus fort et était prête à le recevoir comme il s'en était déjà aperçu quelques minutes plus tôt. Tout en l'embrassant dans le cou à nouveau, il essaya de retirer sa main de la délicate dentelle, mais Violet le bloqua afin qu'il ne s'en échappe pas. Alors Edward attrapa la main de Violet et la glissa à l'intérieur. De sentir ses propres doigts, là où la bienséance interdisait tout contact autre que celui de la toilette, surprit Violet. Edward s'amusa à glisser ses doigts et les siens près de sa forteresse qu'il mourrait d'envie d'attaquer… Lorsqu'il la sentit se tendre, il glissa ses propres doigts à l'intérieur tandis qu'elle s'accrochait à lui, le suppliant de l'embrasser tant elle en mourrait d'envie.

Mais il se rappela qu'il était censé la punir…

Il se releva les joues rosies d'envie pour sa femme. Pourtant, il ne le lui laissa pas entrevoir la crampe qui se jouait de lui dans le bas de son ventre et qui s'était fortement accrue, il y avait dès lors quelques minutes.

À bien y réfléchir, Edward avait sans doute fait une erreur en lui promettant cette punition, mais Edward était homme à tenir ses promesses…

Et malgré toutes les émotions qui le taraudaient, il resta déterminé à punir sa belle au risque de se punir lui-même. Bien qu'il eût un mal fou à conserver un visage impassible, c'est avec une brillance extrême de ses prunelles, due à la convoitise de ce corps si parfait, qu'il mit pourtant à exécution sa résolution.

— Ce sera tout pour aujourd'hui, Ma Dame, lâcha-t-il, avec une rougeur plus qu'accentuée sur ses joues.

— Vous êtes sérieux, Edward !

Mais déjà, celui-ci ressortait de la pièce sans lui répondre.

— Sérieusement, Edward ! s'écria-t-elle, frustrée, tout en se relevant avec difficultés tant elle se trouvait envahie de sensations dans tout le corps et surtout au creux de sa féminité.

Elle courut jusqu'à la porte et l'ouvrit avec virulence pour se retrouver nez à nez avec… son mari.

Celui-ci était accoudé au chambranle de la porte, dans une posture qui aurait fait fondre toute la gent féminine. Avec un sourire suffisant aux lèvres, il la fixa.

— Votre punition est levée, Lady Somerford ! dit-il en la reprenant dans ses bras et en lui dispensant un baiser passionné.

D'un coup de pied agile, il claqua la porte de la chambre et se dirigea avec son épouse vers le lit sur lequel il la déposa, à nouveau. Libérés de toutes règles, de tous vêtements et cachés de la bienséance, ils se donnèrent corps et âme pendant un temps.

Un très long temps…

Et c'est ainsi qu'ils continuèrent à vivre, à se chamailler et bien entendu, à s'aimer. Entre deux désaccords, ils s'embrassaient, jouaient, se caressaient et ne s'arrêtaient pas pour autant à la nuit tombée. Bien au contraire, c'était leur passe-temps favori !

*« Et je peux maintenant vous le certifier, ma chère amie, lady Violet avait perdu son travers. Depuis qu'elle avait volé le  cœur de son tendre aimé, elle n'avait plus besoin de chaparder autre chose ! »*

*Fin*

Chère Lectrice, Cher Lecteur,

J'espère que vous venez de passer un agréable moment avec mes personnages.

Si tel est le cas, je ne vous remercierai jamais assez de prendre une petite minute pour laisser un commentaire sur Amazon ou sur la plateforme d'achat. Ainsi, vous pourrez offrir une plus grande visibilité à cette histoire et donner envie à d'autres lectrices et lecteurs de me lire. Sachez que vos commentaires sont cruciaux pour les auteurs indépendants dont je fais partie.

Je vous communique également mon e-mail **lhattie.haniel@gmail.com**, si vous aviez le souhait de me faire un retour de lecture plus personnel. Je vous répondrai avec grand plaisir !

Affectueusement,
Lhattie Haniel

*Lady Rose & Miss Darcy, deux cœurs à prendre…*
*— L'univers étendu d'Orgueil & Préjugés —*
*Inspiré de l'œuvre de Jane Austen*

## Résumé

1817, comté du Berkshire — À vingt-deux ans, lady Rose, passionnée de promenades dans la nature et de littérature romantique, ne souhaite pas pour autant modifier sa vie pour convoler en justes noces. Désireuse de conserver sa liberté, elle repousse donc, sans exception, tout prétendant. Pourtant, lorsqu'elle rencontre inopinément lord John Cecil Scott, alors qu'elle se retrouve suspendue à la petite clôture d'un verger, l'arrogance et le manque de bienséance de ce séduisant voisin vont troubler profondément la jeune femme. Elle s'épanchera sur cette rencontre, avec un manque certain de franchise, auprès de son amie d'enfance, Miss Darcy. Cependant, cette proche parente des Darcy de Pemberley a, elle aussi, une chose qu'elle lui tait : son cœur bat en secret pour un jeune homme…

*Pour que chaque jour compte, il était une fois…*
*— L'univers étendu du RMS Titanic —*

### Résumé

1911 — John Crawford et Lee Moore, deux jeunes hommes fortunés, décident de quitter les États-Unis pour se rendre en Angleterre. À bord du RMS Mauretania, Lee retrouve, par le plus grand des hasards, Lady Taylor accompagnée de sa fille, Lady Grace. Malheureusement pour lui, la froideur et le mépris que sa tante lui porte depuis sa plus tendre enfance n'ont pas faibli, alors que sa jeune cousine n'a aucune idée des liens de cousinage qui les unissent, sans quoi elle se serait sûrement tournée vers lui pour faire annuler ses fiançailles avec un certain Maximilien F. Barrow… Préférant éviter la compagnie déplaisante de ces dames, John et Lee font une sortie nocturne sur le pont-promenade et tombent sous le charme de Julia et Hattie Allen, deux sœurs de petite condition. Bien que décidés à leur faire la cour, sans succès, les deux jeunes hommes perdront finalement leurs traces en arrivant à Londres. Pourtant, John est décidé coûte que coûte à retrouver la belle Hattie. Mais c'est sans compter sur Lady Vivian, une Anglaise qui a jeté son dévolu sur lui et compte bien l'épouser, même contre son gré !

*Un Accord Incongru !*

*Résumé*

1810 — Miss Dolly Green était anéantie par la demande du vieux duc. Ce marché, bien qu'incroyablement culotté, était peut-être le seul moyen pour elle de survivre. Elle venait de perdre son petit domaine et n'avait plus que sa beauté pour elle. Elle n'avait donc plus les moyens de rêver. Le bel Anton ne serait plus, à jamais, qu'un souvenir qu'elle pourrait chérir en secret…

*Violet Templeton, une lady chapardeuse*

## Résumé

1899 — Depuis sa plus tendre enfance, lady Violet a un petit défaut en plus de son caractère tempétueux : le chapardage ! En grandissant — bien que ne manquant de rien —, elle reste une véritable cleptomane qui ne peut s'empêcher de fouiner et de prendre tout objet qui lui tombe sous la main. Ce qui est bien pis, c'est qu'elle ne s'en rend compte qu'une fois son forfait *accompli* ! Et voilà que par deux fois, à dix ans d'intervalle, elle se fait attraper par le même homme en train de chaparder un objet chez lui ! Après un corps à corps surprenant pour leur âge, lord Edward lui susurre, d'une tonalité menaçante, ceci :

— Je vous laisse dix secondes, Milady, pour remettre en place ce que vous avez pris. Passé ce délai, il sera trop tard pour vous…

*Le Mystérieux Secret de Jane Austen*
— *Inspiré de la vie de la romancière Jane Austen* —
*Biographie romancée*

### Résumé

1775, Steventon — Écoutez… Entendez-vous le tic-tac de l'horloge du grand salon qui se fait entendre ? Moi aussi je l'entends dans un bruit sourd avant que maman pousse un dernier cri sauvage qui couvre ce petit bruit. Silencieusement, je prends de l'air dans mes poumons, puis je crie. J'apparais enfin à la vie et l'on me nomme tout de suite Jane…

*Message de l'auteur :* Je n'ai pas la prétention d'avoir le fin talent de la très célèbre Jane Austen, mais il me tenait à cœur de vous raconter cette histoire poussée par mon admiration pour les écrits et par la vie de cette grande romancière anglaise. Au fil des pages, vous serez certainement saisie par les émotions en parcourant les premières années de sa vie et de celles de son écriture. Cependant, attendez-vous à être surpris par la mystérieuse romance qui s'est animée sous le sceau de ma plume. Il se pourrait même que vous ne vous en remettiez jamais ! Et si d'aventure, vous souhaitiez poursuivre cette lecture, il vous faudrait le faire sans soulever le moindre sourcil. Alors, peut-être qu'il vous sera dévoilé l'un des mystérieux secrets de Jane Austen : pourquoi ne fut-elle fiancée qu'une seule nuit à Harris Bigg-Wither ? Et seule cette histoire saurait vous le dire…

*Saint Mary's Bay*
*— Les Jardins des Secrets —*
*Volume 1*

### Résumé

1897 — Ambrosia, cadette de la famille des Keighley, mène une vie tranquille à Maison Beauchamp tout en n'aspirant qu'à faire des promenades dans la forêt et à chasser papillons et autres insectes comme son grand-père le lui a enseigné dès lors qu'elle sût marcher. Mais le décès de son petit frère Edgar va plonger sa famille dans le besoin, ce qui n'arrange en rien les affaires de son père, Sir Humphrey, joueur invétéré et dépensier notoire auprès des gourgandines. Afin de récupérer de quoi poursuivre son train de vie dispendieux, il concède dans les liens du mariage sa cadette, sans qu'elle puisse y redire quoi que ce soit. Pourtant, toute jeune femme devrait se sentir flattée d'être ainsi distinguée par un homme si fortuné. Oui, certes ! Si Lord Greggson, comte de Langford, n'était pas son aîné de plus de cinquante ans ! Seulement, voilà ! À seize ans, une jeune fille rêve plutôt de rencontrer le prince charmant…

*Saint Mary's Bay*
*— Les Jardins des Secrets —*
*Volume 2*

*Résumé*

1902 — Un départ précipité de l'Amérique pour l'Angleterre avait fini par faire basculer à nouveau le destin de la jeune veuve Greggson, alors qu'elle venait de rencontrer le beau Dorian Valentyne. De retour au manoir familial, Ambrosia y avait retrouvé sa sœur aînée Edwina, à l'homosexualité cachée et aux secrets inavoués, lui vouant toujours une très grande haine. Mais heureusement pour Ambrosia, elle y avait retrouvé aussi son adorable mère, son affectueux grand-père, de divertissantes harpies, toutes aristocrates, ainsi qu'une ribambelle de domestiques, sans oublier sa divertissante marraine qui l'avait accompagnée. Les mois s'écoulent alors plus ou moins agréablement, malgré son vague à l'âme, jusqu'au jour où un grand nombre d'invités est attendu au manoir pour une chasse à courre. Bien qu'Ambrosia soit nouvellement fiancée au jeune médecin du village qui ne songe qu'à mettre la main sur sa fortune, l'un des invités ne la laisse pourtant pas si indifférente que cela…

## *Résumé*

2016, Paris — Polina Leonidov et Vadim Volochenko sont deux enfants qui ont, malgré leurs jeunes âges, un incroyable coup de foudre alors qu'ils se disputent dans une cour de récréation. Les années s'écoulent voyant ainsi leur amour s'élever en secret, même si leurs trains de vie sont diamétralement opposés. Mis au parfum de leur idylle, Piotr Leonidov s'y oppose fermement et fait en sorte de séparer pour toujours sa fille aînée de ce jeune homme, qu'il juge de petit arriviste. Bien que l'époque des mariages arrangés soit révolue, il force Polina à se fiancer avec Mr Levkine, un homme plus âgé qu'elle et fort aisé. Le cœur aussi brisé que sa belle, Vadim quitte la France avant leur union et coupe les ponts avec tout le monde, même avec ses propres parents. De retour après plusieurs années d'absence, Vadim apprend par sa mère que Polina, la seule femme qu'il a toujours aimée, n'a jamais épousé Mr Levkine. Seulement, Vadim n'est plus libre, car il est *fermement* marié avec Moïsha…

*Victoria Hall*
*— Volume 1 —*


*Résumé*

1894 — Retirées aux bras de leur mère dès leur plus jeune âge pour être enfermées au pensionnat Saint George à Londres par un père à l'infidélité aussi grande que l'était sa beauté, Rebecca et Sarah Wheeler n'eurent plus qu'à compter l'une sur l'autre au fil des ans. Puis, un accident familial les plongea plus encore dans leur tristesse tandis que leur père quittait l'Angleterre pour l'Australie sans un regard pour elles. Débarrassé ainsi de ses filles et de Victoria Hall, la demeure ancestrale de sa défunte épouse, Lord Wheeler n'avait plus qu'à profiter seul de son immense fortune. Mais de nouveaux drames changèrent la donne et, alors que la Grande Guerre se propageait plus encore dans le Monde, Rebecca et Sarah ressortirent du pensionnat pour se rendre en Australie, chercher leur héritage. Plus belles et plus vaillantes que jamais, elles étaient si proches de leur rêve qu'elles n'avaient plus qu'à l'empoigner. Mais sur cette nouvelle terre sauvage, une surprise de taille les attendait : un demi-frère et une nouvelle mère, mais également aussi l'amour et la mort si elles n'y prenaient pas garde…

*Victoria Hall*
*— Volume 2 —*

*Résumé*

1917 — Si leur voyage en Australie n'avait pas trouvé écho à leur rêve, leur venue à Saint Mary's Bay avait au moins offert à Rebecca et Sarah une merveilleuse famille. Sarah paraissait se remettre peu à peu de la mauvaise nouvelle du front qui lui était parvenue et pour laquelle elle avait attenté à sa vie. Si cela semblait être son cas, celui de Rebecca en était tout autre. La jeune femme n'arrivait pas à oublier Charles Macquarie, le bel Australien qu'elle avait quitté sur le quai de Darwin. Le destin les avait frappées, chacune d'elles à sa façon, et l'espoir leur semblait aujourd'hui tout juste permis. Peut-être qu'un retour à Victoria Hall, la demeure de leurs ancêtres, leur permettrait de retrouver cette part de bonheur qu'elles aspiraient tant à avoir toutes les deux…

*La fille qui rêve d'avoir la jambe pin-up !*

*Résumé*

2018 — Jeune femme de 25 ans, Meredith n'arrive pas à trouver son équilibre dans sa vie amoureuse depuis qu'elle a vu, à l'âge de 10 ans, Anne Hathaway avoir la jambe pin-up. Elle rêve de ressentir un jour cet effet dans les bras d'un homme. Encore faudrait-il qu'elle puisse en garder un dans sa vie plus d'une semaine ! Alors entre son ex-copain, Leo et ses deux voisins qu'elle reluque sans vergogne tant ils sont beaux ainsi que son futur petit ami qu'elle n'a pas encore trouvé, sa vie est quelque peu alambiquée. Qui plus est, bien qu'armée d'un BTS marketing, elle travaille comme simple assistante personnelle pour Monsieur Bittoni. Aussi, est-elle passée maître depuis, dans la façon d'esquiver ses mains baladeuses… Et pour couronner le tout, sa colocataire et amie d'enfance, la belle Clothilde, l'agace effroyablement tant sa vie est parfaite ! Cependant, le coup de grâce lui est porté par le retour soudain de Cédric dans sa vie, un ami de Fac avec qui elle s'entend comme chien et chat, et qui enchaîne les conquêtes à la pelle. Surtout lorsque celui-ci décide de l'embrasser sans qu'elle s'y attende. Et pour ne rien arranger, sa mère, inquiète par les sautes d'humeur de sa fille, lui envoie une dizaine de textos par jour, que Meredith s'oblige à ignorer. De quoi être au bout de sa vie !

*Berthe, 27 ans, 1m57, 50 kilos, rêve de rencontrer
le Prince Charmant (au rayon patates-aubergines !)*

*Résumé*

Berthe, 27 ans, 1m57, 50 kilos, véritable rousse, et ayant prénommée ses seins *Brad* et *Pitt*, rêvait il y a encore 6 mois de pouvoir afficher le statut "Mariée" sur son Facebook. Finalement, elle se retrouve avec celui de célibataire. 6 mois que Simon l'a quittée pour une blonde aux jambes interminables. 6 mois qu'elle se coltine une séance de psy par semaine pour s'en guérir. 6 mois qu'elle rêve de faire l'amour. Heureusement pour elle que deux étages au-dessus de son appartement habite sa meilleure amie Caroline, aux goûts sexuels éclectiques. Un soir avec Caroline, Berthe refait le monde. Ainsi *reboostée* par les paroles de son amie, elle décide de forcer le destin et de rencontrer l'homme qui lui fera oublier son ex. Mais comme elle travaille dans une maison de retraite, la probabilité d'y rencontrer l'élu est plutôt mince, même en priant la Fée bleue ! Berthe songe qu'elle pourrait alors rencontrer l'élu à la supérette du coin, au rayon patates-aubergines. Un soir après le travail, elle décide de voir si Cupidon a répondu à son appel…

## *Résumé*

N'ouvrez ce livre que si vous avez envie de sourire. Non, ce n'est pas une tartine de bonheur, c'est simplement ouvrir des fenêtres pour aérer vos pensées et vous faire profiter de mon soleil ainsi que parfois, de ma vision sur le temps. Non pas celui de mère Nature, mais celui qui fait tic-tac, qui doit vous être précieux et qui vaut bien plus que de l'argent.

*Lord Bettany*

## Résumé

1827, Angleterre — Lord Bettany, riche héritier au tempérament fier et arrogant, a la chance de connaître le bonheur pour le perdre quelques mois plus tard. Malgré son veuvage et un nouveau-né sur les bras prénommé Gabriel, il reste inconditionnellement fermé au monde extérieur et, surtout, à toute attention féminine. Cependant, en grandissant, Gabriel a plus la tête sur les épaules qu'un adulte et une aisance du contact que son père n'aura jamais. Aussi, lorsque cet enfant accompagne ce dernier et sa grand-mère maternelle en voyage de plaisance à Bath, il n'a aucun mal à se lier d'amitié avec la belle Daphne rencontrée devant les Thermes. Mais si l'enfant imagine celle-ci pouvoir faire le bonheur de son père tout en se faisant une place dans son cœur telle la mère qu'il n'a jamais connue, lord Bettany est loin d'avoir le même jugement que sa descendance…

*Résumé*

(Elle est dans la lune la plupart du temps)
Ah, ma bonne dame ! Si l'on m'avait dit tout ce qui allait m'arriver avant mon premier poil pubien, je me demande si j'aurais pu choisir de ne pas naître ! Et ce n'est pas tant que mon père nous ait quittées, ma mère et moi, alors que nous n'étions pas encore sorties de la maternité. Non, non, mon géniteur n'était pas mort, pensez donc ! Il avait simplement décidé que l'on ne ferait pas partie de sa vie. Alors, comment croire à toutes ces histoires de princes charmants que ma chère mère me contait avant de mourir un mercredi ? Sérieux ! Un mercredi ! J'avais douze ans et l'on m'avait toujours assuré que le mercredi, c'était le jour des enfants ! Tu parles ! Ça aussi c'était un beau mensonge… Et puis grandir chez ma tante maternelle n'était pas ce qu'il y avait de mieux pour me prouver que le prince charmant existe. Eh oui, tata Jenny est lesbienne et moi, les foufounes, eh bien ce n'est pas mon truc ! Tiens, je me demande si j'ai bien fait de m'inscrire sur Tinder…

(Lui a de nombreux secrets)
Ma vie professionnelle comme ma vie personnelle sont réglées comme du papier à musique. Je maîtrise tout et rien ne peut me faire dévier de ma route, même cette rencontre faite dans l'ascenseur…

*D'un simple signe je t'aime*


*Résumé*


Et si la langue des signes et celle du cœur ne faisaient qu'un ?

Voilà une question à laquelle ne sauraient répondre Angélique et Ambre, deux amies célibataires. Si la première, peu sûre d'elle, passe son temps libre à dépenser plus d'argent qu'elle n'en gagne, la seconde, plus raisonnable, connaît parfaitement le coût de la vie à cause de son handicap, la surdité. Cependant, lorsque leur chemin croise la route de deux hommes, toutes leurs résolutions sur le célibat pourraient bien être mises à rude épreuve.

Entre humour et tendresse où affleure l'espoir, deux mondes vont s'entrecroiser à de nombreuses reprises, parfois même sous l'œil d'une drôle de licorne…

*Le chat de Notting Hill*

*Résumé*

Il peut s'en passer de toutes les couleurs à une semaine de Noël ! Surtout quand un chaton rouquin s'invite chez Tess et sème la zizanie dans sa vie, déjà bien agitée.
Les événements s'enchaînent et se bousculent : au boulot, à la maison, dans son cœur… Et voilà que débarquent deux grand-tantes aussi adorables que farfelues !

Dans cette délicieuse comédie romantique, le père Noël risque d'en perdre sa barbe ! Comment la gentille Tess trouvera-t-elle le bonheur tant mérité ? Faudra-t-il se fier à la magie de Noël et surtout à cet effronté de chat… qui pourrait bien être le messager du destin !

« Une délicieuse comédie romantique de Noël pour les amoureux des chats ! »
*Femme Actuelle*

# À propos de l'auteur

Passionnée par la vie et peintre à ses heures perdues, Lhattie Haniel est une romancière française et créatrice de goodies littéraires, de collections de carnets de notes, de coloriages anti-stress (Mandalas pour adultes et coloriages pour la jeunesse) ainsi qu'un super carnet de chroniques destiné aux blogueuses et autres dévoreuses de livres, étant elle-même férue de lecture. Sa plume est connue pour ses romances historiques à l'anglo-saxonne qui se situent souvent dans l'univers étendu de *Jane Austen*, mais également pour ses comédies romantiques légères et saupoudrées d'humour dans lesquelles beaucoup de ses lectrices se retrouvent. Sa dernière comédie romantique aux multiples intrigues « KEEP CALM & ne tombe pas amoureuse de ton boss » et son dernier feelgood « D'un simple signe je t'aime » abordant un handicap invisible, la surdité, ont déjà ravi des milliers de lectrices. Après plus d'une quinzaine de titres publiés, sa première romance de Noël, « Le chat de Notting Hill », est parue à Noël dernier aux Éditions PRISMA dans la collection « Chats ». Une nouvelle romance paraîtra en novembre prochain chez ce même éditeur. Le chat de Milltown, une bien jolie histoire de Noël qui vous fera voyager jusqu'en Irlande !

Lhattie Haniel vit en région parisienne avec son mari et sa petite chienne Scarlett qui tient son prénom de Mam'zelle Scarlett O'Hara !